アンデルセン

大活字本シリーズ①

人魚の姫

三和書籍

海外童話傑作選　アンデルセン大活字本シリーズ①

人魚の姫／目次

人魚《にんぎょ》の姫《ひめ》

海《うみ》のおきへ、遠《とお》く遠《とお》く出《で》ていきますと、水《みず》の色《いろ》は、いちばん美《うつく》しいヤグルマソウの花《はな》びらのようにまっさおになり、きれいにすきとおったガラスのように、すみきっています。けれども、そのあたりは、とてもとても深《ふか》いので、どんなに長《なが》いいかり綱《づな》をおろしても、底《そこ》まで届《とど》くようなことはありません。海《うみ》の底《そこ》から、水《みず》の面《おもて》まで届《とど》くためには、教会《きょうかい》の塔《とう》を、いくつもいくつも、積《つ》みかさねなければならないでしょう。そういう深《ふか》いところに、人《にん》魚《ぎょ》たちは住《す》んでいるのです。

みなさんは、海《うみ》の底《そこ》にはただ白《しろ》い砂地《すなち》があるばかりで、ほかにはなんにもない、などと思《おも》ってはいけません。そこには、たいへんめずらしい木《き》や、草《くさ》も生《は》えているのです。そのくきや葉《は》は、どれもこれもなよなよしています。ですから、水《みず》がほんのちょっとでも動《うご》くと、まるで生《い》き物《もの》のように、ゆらゆらと動《うご》くのです。

それから、この陸《りく》の上《うえ》で、鳥《とり》が空《そら》をとびまわっているように、水《みず》の中《なか》では、小《ちい》さなさかなや大《おお》きなさかなが、その枝《えだ》のあいだをすいすいとおよいでいます。

この海《うみ》の底《そこ》のいちばん深《ふか》いところに、人魚《にんぎょ》の王《おう》さまのお城《しろ》があるのです。お城《しろ》のかべは、サンゴでつくられていて、先《さき》のとがった高《たか》い窓《まど》は、よくすきとおったこ・は・くでできています。それから、たくさんの貝《かい》がらがあつまって、屋根《やね》になっていますが、その貝《かい》がらは、海《うみ》の水《みず》が流《なが》れてくるたびに、口《くち》をあけたりとじたりしています。その美《うつく》しいことといったら、たとえようもありません。なにしろ、貝《かい》がらの一《ひと》つ一《ひと》つに、ピカピカ光《ひか》る真珠《しんじゅ》がついているのですから。その中《なか》の一《ひと》つだけをとって、女王《じょおう》さまのかんむりにつけても、きっと、りっぱなかざりになるでしょう。

そのお城《しろ》に住《す》んでいる人魚《にんぎょ》の王《おう》さまは、もう何年《なんねん》も前《まえ》にお妃《きさき》さまがなくなってからは、ずっと、ひとりでくらしていました。ですから、お城《しろ》の中《なか》のご用事《ようじ》は、お年《とし》をとったおかあさまが、なんでもしているのでした。おかあさまは、かしこい方《かた》でしたが、身分《みぶん》のよいことを、たいへんじまんにしていました。ですから、自分《じぶん》のしっぽには、十二《じゅうに》もカキをつけているのに、ほかの人《ひと》たちには、どんなに身分《みぶん》が高《たか》くても、六《むっ》つしかつけることをゆるさなかったのです。でも、このことだけを別《べつ》にすれば、どんなにほめてあげてもよい方《かた》でした。わけても孫《まご》むすめの、小《ちい》さな人魚《にんぎょ》のお姫《ひめ》さまたちを、それはそれはかわいがっていました。

お姫《ひめ》さまは、みんなで六人《ろくにん》いました。そろいもそろって、きれいな方《かた》ばかりでしたが、なかでもいちばん下《した》のお姫《ひめ》さまがいちばんきれいでした。はだは、バラの花《はな》びらのように、きめがこまやかで美《うつく》しく、目《め》は、深《ふか》い深《ふか》い海《うみ》の色《いろ》のように、青《あお》くすんでいました。でも、やっぱり、ほかのおねえさまたちと同《おな》じように、足《あし》がありません。胴《どう》のおしまいのところが、しぜんと、さかなのしっ・ぽ・になっているのでした。

一日《いちにち》じゅう、お姫《ひめ》さまたちは、海《うみ》の底《そこ》の、お城《しろ》の中《なか》の大広間《おおひろま》であそびました。広間《ひろま》のかべには、生《い》きている花《はな》が咲《さ》いていました。大《おお》きなこはくの窓《まど》をあけると、さかなたちがおよいではいってきました。ちょうど、わたしたちが窓《まど》をあけると、ツバメがとびこんでくるのと同《おな》じように。さかなたちは、小《ちい》さなお姫《ひめ》さまたちのそばまでおよいできて、手《て》から食《た》べ物《もの》をもらったり、なでてもらったりしました。

　お城《しろ》の外《そと》には、大《おお》きなお庭《にわ》がありました。お庭《にわ》には、火《ひ》のように赤《あか》い木《き》や、まっさおな木《き》が生《は》えていました。そういう木々《きぎ》は、くきや葉《は》を、しょっちゅうゆり動《うご》かすので、木《き》の実《み》は、金《きん》のようにかがやき、花《はな》は、燃《も》えるほのおのようにきらめきました。底《そこ》の地面《じめん》は、とてもこまかい砂地《すなち》になっていましたが、いおうのほのおのように、青《あお》く光《ひか》っていました。

こうして、あたりいちめんに、ふしぎな青《あお》い光《ひかり》がキラキラとかがやいていましたので、海《うみ》の底《そこ》にいるような気《き》がしません。頭《あたま》の上《うえ》を見《み》ても、下《した》を見《み》ても、どこもかしこも青《あお》い空《そら》ばかりで、かえって、空高《そらたか》くに浮《うか》んでいるような気《き》がしました。風《かぜ》がやんでいるときには、お日《ひ》さまを見《み》ることもできました。お日《ひ》さまは、むらさき色《いろ》の花《はな》のようで、そのうてなから、あたりいちめんに光《ひかり》が流《なが》れ出《で》てくるように思《おも》われました。

小《ちい》さなお姫《ひめ》さまたちは、お庭《にわ》の中《なか》に、自分々々《じぶんじぶん》の小《ちい》さい花壇《かだん》を持《も》っていました。そこでは、自分《じぶん》の好《す》きなように、土《つち》をほったり、お花《はな》を植《う》えたりすることができました。ひとりのお姫《ひめ》さまは、花壇《かだん》をクジラの形《かたち》に作《つく》りました。もうひとりのお姫《ひめ》さまは、かわいい人魚《にんぎょ》の形《かたち》にしました。ところが、いちばん下《した》のお姫《ひめ》さまは、お日《ひ》さまのようにまんまるい花壇《かだん》を作《つく》って、お日《ひ》さまのように、赤《あか》くかがやく花《はな》だけをうえました。

このいちばん下《した》のお姫《ひめ》さまは、すこしかわっていて、たいへんもの静《しず》かな、考《かんが》え深《ぶか》い子供《こども》でした。おねえさまたちが、浅瀬《あさせ》に乗《の》りあげた船《ふね》からひろってきた、めずらしいものをかざってあそんでいるようなときでも、このお姫《ひめ》さまだけはちがいました。お姫《ひめ》さまは、ずっと上《うえ》のほうにかがやいているお日《ひ》さまに似《に》た、バラのように赤《あか》い花《はな》と、それから、美《うつく》しい大理石《だいりせき》の、たった一《ひと》つの像《ぞう》だけを、だいじにしていました。その像《ぞう》というのは、すきとおるように白《しろ》い大理石《だいりせき》にほった、美《うつく》しい少年《しょうねん》の像《ぞう》で、あるとき、難破《なんぱ》した船《ふね》から、海《うみ》の底《そこ》へしずんできたものだったのです。

お姫《ひめ》さまは、この像《ぞう》のそばに、バラのように赤《あか》いシダレヤナギをうえました。ヤナギの木《き》は、いつのまにか美《うつく》しく、大《おお》きくなりました。若々《わかわか》しい枝《えだ》は、その像《ぞう》の上《うえ》にかぶさって、先《さき》は青《あお》い砂地《すなち》にまでたれさがりました。すると、枝《えだ》が動《うご》くにつれて、そのかげがむらさき色《いろ》にうつって、ゆらめきました。そのありさまは、まるで、枝《えだ》の先《さき》と根《ね》とが、たがいにキスをしようとして、ふざけあっているようでした。

お姫《ひめ》さまたちにとっては、上《うえ》のほうにある人間《にんげん》の世界《せかい》のお話《はなし》を聞《き》くことが、なによりの楽《たの》しみでした。お年《とし》よりのおばあさまは、船《ふね》だの町《まち》だの、人間《にんげん》だの動物《どうぶつ》だのについて、知《し》っていることを、なんでも話《はな》してくれました。そのお話《はなし》の中《なか》で、お姫《ひめ》さまたちが、なによりもおもしろく、ふしぎに思《おも》ったのは、陸《りく》の上《うえ》では、花《はな》がよいかおりをして、におっているということでした。むりもありません。海《うみ》の底《そこ》にある花《はな》には、なんのにおいもないのですからね。それからまた、森《もり》はみどりの色《いろ》をしていて、木《き》の枝《えだ》と枝《えだ》とのあいだに、見《み》えたりかくれたりするさかなたちは、美《うつく》しい、高《たか》い声《こえ》で、楽《たの》しい歌《うた》をうたうということも、ふしぎに思《おも》われました。おばあさまがさかなと言《い》ったのは、じつは、小鳥《ことり》のことでした。なぜって、そうでも言《い》わなければ、まだ鳥《とり》を見《み》たことのないお姫《ひめ》さまたちには、どんなに説明《せつめい》しても、わかるはずがありませんからね。

「おまえたちが、十五《じゅうご》になったらね」と、あるとき、おばあさまが言《い》いました。「海《うみ》の上《うえ》に浮《うか》びあがることをゆるしてあげますよ。そのときには、明《あか》るいお月《つき》さまの光《ひかり》をあびながら、岩《いわ》の上《うえ》に腰《こし》をおろして、そばを通《とお》っていく大《おお》きな船《ふね》を見《み》たり、森《もり》や町《まち》をながめたりすることができるんですよ」

「つぎの年《とし》には、いちばん上《うえ》のお姫《ひめ》さまが十五《じゅうご》になりました。あとのお姫《ひめ》さまたちは、年《とし》が一《ひと》つずつ下《した》でした。ですから、いちばん下《した》のお姫《ひめ》さまが、海《うみ》の底《そこ》から浮《うか》びあがって、わたしたち人間《にんげん》の世界《せかい》のありさまを見《み》ることができるようになるまでには、まだまだ五年《ごねん》もありました。

そこで、お姫《ひめ》さまたちは、はじめて海《うみ》の上《うえ》に浮《うか》びあがった日《ひ》に見《み》たことや、いちばん美《うつく》しいと思《おも》ったことを、帰《かえ》ってきたら、妹《いもうと》たちに話《はな》そうと、たがいに約束《やくそく》しあいました。なぜって、みんなは、もう、おばあさまのお話《はなし》だけでは満足《まんぞく》できなくなっていましたからね。お姫《ひめ》さまたちが人間《にんげん》の世界《せかい》について知《し》りたいと思《おも》うことは、とてもとてもたくさんあったのです。

とりわけ、いちばん下《した》のお姫《ひめ》さまは、海《うみ》の上《うえ》の世界《せかい》のながめられる日《ひ》を、だれよりもずっと強《つよ》く待《ま》ちこがれていました。それなのに、いちばん長《なが》いあいだ待《ま》たなければならないのです。けれども、お姫《ひめ》さまは、もの静《しず》かな、考《かんが》え深《ぶか》い娘《むすめ》でした。幾晩《いくばん》も幾晩《いくばん》も、開《ひら》かれた窓《まど》ぎわに立《た》って、さかなたちがひれやしっぽを動《うご》かしながらおよいでいる、まっさおな水《みず》をすかして、上《うえ》のほうをじっとながめていました。すると、お月《つき》さまやお星《ほし》さまも見《み》えました。その光《ひかり》は、すっかり弱《よわ》くなって、ぼんやりしていましたが、そのかわり、水《みず》をとおして見《み》ていますので、お月《つき》さまもお星《ほし》さまも、わたしたちの目《め》にうつるよりは、ずっと大《おお》きく見《み》えました。

ときには、黒《くろ》い雲《くも》のようなものが、光《ひかり》をさえぎって、すべっていくこともありました。それは、頭《あたま》の上《うえ》をおよいでいくクジラか、でなければ、大《おお》ぜいの人間《にんげん》を乗《の》せている船《ふね》だということは、お姫《ひめ》さまも知《し》っていました。でも、船《ふね》の中《なか》の人《ひと》たちは、美《うつく》しい小《ちい》さな人魚《にんぎょ》のお姫《ひめ》さまが、海《うみ》の底《そこ》に立《た》っていて、白《しろ》い手《て》を、船《ふね》のほうへさしのべていようとは、夢《ゆめ》にも思《おも》わなかったことでしょう。

さて、いちばん上《うえ》のお姫《ひめ》さまは、十五《じゅうご》になったので、海《うみ》の上《うえ》に浮《うか》びあがってもよいことになりました。

このお姫《ひめ》さまが、海《うみ》の底《そこ》に帰《かえ》ってきたときには、妹《いもうと》たちに話《はな》したいと思《おも》うことを、それはそれはたくさん持《も》っていました。お姫《ひめ》さまの話《はなし》によりますと、いちばん美《うつく》しかったのは、お月《つき》さまの明《あか》るい晩《ばん》、静《しず》かな海《うみ》べの砂地《すなち》に寝《ね》ころんで、海岸《かいがん》のすぐ近《ちか》くにある、大《おお》きな町《まち》をながめたことでした。その町《まち》には、たくさんの光《ひかり》が、何百《なんびゃく》とも知《し》れない星《ほし》のようにかがやいていたということです。それから、音楽《おんがく》に耳《みみ》をかたむけたり、車《くるま》のひびきや、人々《ひとびと》のざわめきを聞《き》くのもすてきなことでしたし、また、たくさんの教会《きょうかい》の塔《とう》をながめて、鐘《かね》の鳴《な》るのを聞《き》くのも楽《たの》しかったそうです。いちばん下《した》のお姫《ひめ》さまは、まだまだ、しばらくのあいだ、海《うみ》の上《うえ》へ浮《うか》びあがっていくことができないだけに、だれよりもいっそうあこがれて聞《き》きいりました。

ああ、いちばん下《した》のお姫《ひめ》さまは、どんなに熱心《ねっしん》に、そういうお話《はなし》に耳《みみ》をかたむけたことでしょう！　それからというものは、夕方《ゆうがた》になると、あけはなされた窓《まど》ぎわに立《た》って、青《あお》い水《みず》をすかして、上《うえ》のほうを見《み》あげるのでした。そして、そのたびに、いろいろなものの音《おと》のするという、大《おお》きな町《まち》のことを、心《こころ》に思《おも》ってみるのでした。すると、そんなときには、教会《きょうかい》の鐘《かね》の音《おと》までが、遠《とお》い海《うみ》の底《そこ》の、自分《じぶん》のところまで、ひびいてくるような気《き》がしてならないのでした。

一年《いちねん》たつと、二番《にばん》めのお姫《ひめ》さまが、海《うみ》の上《うえ》に浮《うか》びあがって、どこへでも好《す》きなところへおよいでいってよい、というおゆるしをいただきました。

お姫《ひめ》さまが浮《うか》びあがったとき、お日《ひ》さまがちょうど沈《しず》むところでした。そのながめが、このうえもなく美《うつく》しく思《おも》われました。空《そら》いちめんが金色《きんいろ》にかがやいて、と、これは、お姫《ひめ》さまのお話《はなし》です。雲《くも》の美《うつく》しいこと、ほんとうに、そのありさまは、言葉《ことば》などでは言《い》いあらわすことができません。雲《くも》は赤《あか》く、スミレ色《いろ》にもえて、頭《あたま》の上《うえ》を流《なが》れていきました。けれども、その雲《くも》よりもずっとずっと速《はや》く、ハクチョウの一《ひと》むれが、長《なが》い白《しろ》いベールのように、一羽《いちわ》、また一羽《いちわ》と、波《なみ》の上《うえ》を、今《いま》しずもうとしているお日《ひ》さまのほうにむかって飛《と》んでいきました。お姫《ひめ》さまも、そちらのほうへおよいでいきました。しかし、まもなく、お日《ひ》さまが沈《しず》んでしまうと、バラ色《いろ》のかがやきは、海《うみ》の面《おもて》からも雲《くも》の上《うえ》からも消《き》えてしまいました。

また一年《いちねん》たつと、今度《こんど》は、三番《さんばん》めのお姫《ひめ》さまが、海《うみ》の上《うえ》に浮《う》かびあがっていきました。

このお姫《ひめ》さまは、みんなの中《なか》で、いちばんだい・た・ん・でしたから、海《うみ》に流《なが》れこんでいる、大《おお》きな川《かわ》を、およいでのぼっていきました。やがて、ブドウのつるにおおわれた、美《うつく》しいみどりの丘《おか》が見《み》えてきました。こんもりとした大《おお》きな森《もり》のあいだには、お城《しろ》や農園《のうえん》が見《み》えたりかくれたりしています。いろんな鳥《とり》がさえずっているのも聞《き》こえてきました。お日《ひ》さまがあまり暑《あつ》く照《て》りつけるので、何《なん》度《ど》も何度《なんど》も水《みず》の中《なか》にもぐっては、ほてった顔《かお》をひやさなくてはなりません。

小《ちい》さな入《い》り江《え》に来《く》ると、人間《にんげん》の子供《こども》たちが、大《おお》ぜい集《あつ》まっていました。みんなまっぱだかで、水《みず》の中《なか》をピチャピチャはねまわっていました。人魚《にんぎょ》のお姫《ひめ》さまも、子供《こども》たちといっしょにあそびたくなりました。ところが、子《こ》供《ども》たちのほうでは、びっくりして、逃《に》げていってしまいました。そこへ、小《ちい》さな黒《くろ》い動物《どうぶつ》が一《いっ》ぴき、やってきました。じつは、それはイヌだったのです。でも、お姫《ひめ》さまは、それまでに、イヌというものを見《み》たことがありません。それに、お姫《ひめ》さまにむかって、イヌがワンワンほえたてたものですから、お姫《ひめ》さまはすっかりこわくなって、また、もとの広々《ひろびろ》とした海《うみ》へもどってきました。それにしても、あの美《うつく》しい森《もり》や、みどりの丘《おか》や、それから、さかなのしっぽもないのに、水《みず》の中《なか》をおよぐことのできる、かわいらしい子供《こども》たちのことは、けっして忘《わす》れることができませんでした。

四番《よんばん》めのお姫《ひめ》さまは、それほどだいたんではありませんでした。ですから、広《ひろ》い広《ひろ》い海《うみ》のまっただ中《なか》に、じっとしていました。それでも、お姫《ひめ》さまの話《はなし》では、そこがいちばん美《うつく》しいところだったということです。どちらを向《む》いても、何《なん》マイルも先《さき》まで見《み》わたすことができました。空《そら》は、大《おお》きなガラスのまる天井《てんじょう》かと思《おも》われました。ときどき目《め》にうつる船《ふね》は、ずっと遠《とお》くに、カモメのように見《み》えました。ふざけんぼうのイルカは、トンボ返《がえ》りをうっていました。そうかと思《おも》うと、大《おお》きなクジラが、鼻《はな》の穴《あな》から水《みず》を吹《ふ》きあげていました。そうすると、まわりに、何百《なんびゃく》ものふんすいができたように見《み》えました。

今度《こんど》は、五番《ごばん》めのお姫《ひめ》さまの番《ばん》になりました。お誕生日《たんじょうび》が、ちょうど冬《ふゆ》の最中《さなか》でしたから、このお姫《ひめ》さまは、おねえさまたちとはちがったものを見《み》ました。海《うみ》は、すっかりみどり色《いろ》になっていて、まわりには大《おお》きな氷山《ひょうざん》が浮《うか》んでいました。その氷山《ひょうざん》の一《ひと》つ一《ひと》つが、真珠《しんじゅ》のようにかがやいて、人間《にんげん》のたてた教会《きょうかい》の塔《とう》よりも、ずっとずっと大《おお》きかったと、お姫《ひめ》さまは話《はな》しました。おまけに、そういう氷山《ひょうざん》は、世《よ》にもふしぎな形《かたち》をしていて、ダイヤモンドのようにキラキラかがやいていました。

お姫《ひめ》さまは、いちばん大《おお》きな氷山《ひょうざん》の一《ひと》つに、腰《こし》をおろしました。船《ふね》の人《ひと》たちは、お姫《ひめ》さまが、氷山《ひょうざん》の上《うえ》にすわって、長《なが》い髪《かみ》の毛《け》を風《かぜ》になびかせているのを見《み》ると、びっくりして、向《む》きをかえて行《い》ってしまいました。

やがて、日《ひ》がくれかかると、空《そら》は雲《くも》でおおわれました。いなずまがピカピカ光《ひか》り、かみなりがゴロゴロ鳴《な》りだしました。黒《くろ》い海《うみ》の波《なみ》に、大《おお》きな氷山《ひょうざん》が、高《たか》く持《も》ちあげられ、赤《あか》いいなずまに照《て》らしだされて、キラキラ光《ひか》りました。どの船《ふね》も、みんな帆《ほ》をおろして、船《ふね》の中《なか》の人《ひと》たちは、おそろしさにふるえていました。お姫《ひめ》さまは、波《なみ》のあいだをただよう氷山《ひょうざん》の上《うえ》に静《しず》かに腰《こし》をおろして、青《あお》いいなずまが、ジグザグに、ピカピカ光《ひか》る海《うみ》の面《おもて》にきらめき落《お》ちるのをながめていました。

おねえさまたちは、はじめて海《うみ》の底《そこ》から水《みず》の上《うえ》に浮《うか》びあがったとき、新《あたら》しいものを見《み》たり、美《うつく》しいものを目《め》にして、みんな夢中《むちゅう》になってよろこんでいました。けれども、一人前《いちにんまえ》の娘《むすめ》になって、好《す》きなときに、いつでも行《い》けるようになると、いまではど心《こころ》をひかれなくなりました。それどころか、かえって、うちが恋《こい》しくなりました。一月《ひとつき》もたつと、海《うみ》の底《そこ》がやっぱりどこよりも美《うつく》しくて、うちにいるのがいちばんいいと、口々《くちぐち》に言《い》うようになりました。

五人《ごにん》のおねえさまたちは、夕方《ゆうがた》になると、よく手《て》をつないでは、ならんで、海《うみ》の上《うえ》に浮《う》かびあがっていきました。お姫《ひめ》さまたちは、どんな人間《にんげん》よりも、美《うつく》しい、きれいな声《こえ》をもっていました。あらしがおこって、船《ふね》が沈《しず》みそうになると、その船《ふね》の前《まえ》をおよぎながら、それはそれはきれいな声《こえ》で、海《うみ》の底《そこ》がどんなに美《うつく》しいかをうたいました。そして、船《ふね》の人《ひと》たちに、海《うみ》の底《そこ》へ沈《しず》んでいくのをこわがらないでください、とたのむのでした。けれども、船《ふね》の人《ひと》たちには、お姫《ひめ》さまたちのうたう言葉《ことば》がわかりません。あらしの音《おと》だろうぐらいに思《おも》いました。それから、その人《ひと》たちは、美《うつく》しい海《うみ》の底《そこ》を見《み》ることもできません。

それもそのはず、船《ふね》が沈《しず》めば、人間《にんげん》はおぼれて、死《し》んでしまうのです。そうしてはじめて、人魚《にんぎょ》の王《おう》さまのお城《しろ》に行《い》くのですからね。

こうして、夕方《ゆうがた》、おねえさまたちが、手《て》をとりあって、海《うみ》の上《うえ》に浮《うか》びあがっていってしまうと、いちばん下《した》の小《ちい》さなお姫《ひめ》さまは、たったひとり取《と》りのこされて、おねえさまたちのあとを見送《みおく》るのでした。そんなときには、さびしくって、泣《な》きたいような気《き》がしました。けれども、人魚《にんぎょ》のお姫《ひめ》さまには、涙《なみだ》というものがありません。涙《なみだ》がないだけに、もっと苦《くる》しい、つらい思《おも》いをしなければなりませんでした。

「ああ、あたしも、早《はや》く十五《じゅうご》になれないかしら」と、お姫《ひめ》さまは言《い》いました。「海《うみ》の上《うえ》の世界《せかい》と、そこに家《いえ》をたてて住《す》んでいるという人間《にんげん》が、きっと好《す》きになれそうだわ」

とうとう、お姫《ひめ》さまも十五《じゅうご》になりました。

「もう、おまえも大《おお》きくなりました」と、お姫《ひめ》さまにとってはおばあさまにあたる、王《おう》さまのおかあさまが言《い》いました。「さあ、おいで。おけしょうをしてあげましょう。おねえさんたちにしてやったようにね」

こう言《い》って、おばあさまは、白《しろ》ユリの花輪《はなわ》をお姫《ひめ》さまの髪《かみ》につけてやりました。見《み》ると、その花《はな》びらは、一《ひと》つ一《ひと》つが、真珠《しんじゅ》を半分《はんぶん》にしたものでした。それから、お姫《ひめ》さまが高《たか》い身分《みぶん》であることをあらわすために、お姫《ひめ》さまのしっぽを八《やっ》つの大《おお》きなカキにはさませました。

「あら、いたいっ！」と、人魚《にんぎょ》のお姫《ひめ》さまは言《い》いました。

「りっぱになるのには、すこしくらい、がまんをしなくてはいけませんよ」と、おばあさまが言《い》いました。

お姫《ひめ》さまは、そんなおかざりなどは、どんなにはらい落《おと》してしまいたかったかしれません。重《おも》たい花輪《はなわ》なども、取《と》ってしまいたいと思《おも》いました。そんなものよりも、お庭《にわ》に咲《さ》いている赤《あか》い花《はな》のほうが、お姫《ひめ》さまにはずっとよく似合《にあ》うにきまっています。でも、いまさら、そうしようとも思《おも》いません。

「行《い》ってまいります」と、お姫《ひめ》さまは言《い》って、すきとおったあわのように、かろやかに、水《みず》の中《なか》を上《うえ》へ上《うえ》へとのぼっていきました。

お姫《ひめ》さまが海《うみ》の上《うえ》に頭《あたま》を出《だ》したとき、ちょうどお日《ひ》さまが沈《しず》みました。けれども、雲《くも》という雲《くも》は、まだバラ色《いろ》に、あるいは金色《きんいろ》に照《て》りはえていました。うすモモ色《いろ》の空《そら》には、よいの明星《みょうじょう》が明《あか》るく、美《うつく》しく光《ひか》っていました。風《かぜ》はおだやかで、空気《くうき》はすがすがしく、海《うみ》の面《おもて》は鏡《かがみ》のように静《しず》かでした。

むこうのほうに、三本《さんぼん》マストの大《おお》きな船《ふね》が浮《う》かんでいました。風《かぜ》がすこしもないので、帆《ほ》は、たった一《ひと》つしかあげていません。そのまわりの綱具《つなぐ》や、帆《ほ》げたの上《うえ》には、水夫《すいふ》たちがすわっていました。船《ふね》からは、音楽《おんがく》と歌《うた》も聞《きこ》えてきます。そのうちに、夕《ゆう》やみがこくなってくると、色《いろ》とりどりの、何百《なんびゃく》ものちょうちんに、火《ひ》がともされました。そのようすは、まるで万国旗《ばんこくき》が風《かぜ》にひらひらと、ひるがえっているようでした。

人魚《にんぎょ》のお姫《ひめ》さまは、船室《せんしつ》の窓《まど》のすぐそばまでおよいでいきました。からだが波《なみ》に持《も》ちあげられるたびに、すきとおった窓《まど》ガラスを通《とお》して、中《なか》のようすをのぞくことができました。そこには、きれいに着《き》かざった人《ひと》たちが、大《おお》ぜいいました。なかでも美《うつく》しく見《み》えたのは、大《おお》きな黒《くろ》い目《め》をした、若《わか》い王子《おうじ》でした。年《とし》のころは十六《じゅうろく》ぐらいでしょうか。それより上《うえ》には見《み》えません。きょうは、この王子《おうじ》の誕生日《たんじょうび》だったのです。それで、こんなににぎやかに、お祝《いわ》いの会《かい》が開《ひら》かれているのでした。水夫《すいふ》たちが、甲板《かんぱん》で踊《おど》りをはじめました。そこへ、若《わか》い王子《おうじ》が出《で》てきますと、花火《はなび》が百《ひゃく》いじょうも空高《そらたか》く打《う》ちあげられました。そのため、あたりが、ま昼《ひる》のように明《あか》るくなりました。

人魚《にんぎょ》のお姫《ひめ》さまは、びっくりぎょうてんして、水《みず》の中《なか》にもぐりこみました。でも、すぐまた、頭《あたま》を出《だ》してみました。と、どうでしょう。空《そら》のお星《ほし》さまが、みんな、自《じ》分《ぶん》のほうへ落《お》ちてくるようです。お姫《ひめ》さまは、こういう花火《はなび》というものをまだ一度《いちど》も見《み》たことがなかったのです。大《おお》きなお日《ひ》さまが、いくつもいくつも、シュッ、シュッと音《おと》をたてながら、まわりました。すばらしい火《ひ》のさかなが、青《あお》い空《そら》に飛《と》びあがりました。そうしたすべてのありさまが、すみきった、静《しず》かな海《うみ》の面《おもて》にうつりました。船《ふね》の上《うえ》は、あかあかと照《て》らし出《だ》されました。人間《にんげん》の姿《すがた》はもちろんのこと、どんなに細《ほそ》い帆《ほ》づなでも、一本一本《いっぽんいっぽん》をはっきりと見《み》わけることができました。ああ、それにしても、若《わか》い王子《おうじ》は、なんという美《うつく》しい方《かた》でしょう！王子《おうじ》は、にこにこしながら、人々《ひとびと》とあくしゅしていました。そのあいだも、このはなやかな夜空《よぞら》に、音楽《おんがく》はたえず鳴《な》りひびいていました。

夜《よ》はふけました。それでも、人魚《にんぎょ》のお姫《ひめ》さまは、船《ふね》と、美《うつく》しい王子《おうじ》から、目《め》をはなすことができませんでした。もう今《いま》は、色《いろ》とりどりのちょうちんの火《ひ》は消《き》えて、花火《はなび》も空《そら》に上《あ》がらなくなりました。お祝《いわ》いのための大砲《たいほう》の音《おと》もとどろきません。けれども、深《ふか》い海《うみ》の底《そこ》では、低《ひく》くブツブツというううなりがしていました。お姫《ひめ》さまは、あいかわらず、水《みず》の上《うえ》に浮《うか》びながら、波《なみ》のまにまにゆられて、船室《せんしつ》の中《なか》をのぞいていました。

ところが、船《ふね》は、きゅうに、今《いま》までよりも速《はや》く走《はし》りだしました。帆《ほ》が一《ひと》つ、また一《ひと》つと、張《は》られました。気《き》がついてみると、波《なみ》は山《やま》のように高《たか》くなり、空《そら》には黒雲《くろくも》が集《あつ》まってきて、遠《とお》くのほうでは、いなずまがピカピカ光《ひか》っているではありませんか。ああ、おそろしいあらしがやってきそうです。このありさまに、水夫《すいふ》たちはまた帆《ほ》をおろしました。大《おお》きな船《ふね》は、あれくるう海《うみ》の上《うえ》を、ゆれながらも、矢《や》のように速《はや》くつき進《すす》んでいます。波《なみ》は、大《おお》きな山《やま》のように、黒々《くろぐろ》ともりあがって、今《いま》にもマストをつきたおそうとします。

船《ふね》は、まるでハクチョウのように、高《たか》い波《なみ》の谷間《たにま》に沈《しず》むかと思《おも》うと、すぐまた、塔《とう》のような波《なみ》のてっぺんに持《も》ちあげられました。人魚《にんぎょ》のお姫《ひめ》さまには、おもしろい航《こう》海《かい》のように思《おも》われれました。ところが、船《ふね》の人《ひと》たちにしてみれば、それどころではありません。船《ふね》は、うめくような音《おと》をたてて、ミシミシときしりはじめました。大波《おおなみ》が船《ふね》にはげしくぶつかると、そのいきおいで、あつい船板《ふないた》がまがり、海《うみ》の水《みず》が流《なが》れこみました。マストは、アシかなにかのように、まんなかから、ポキッと折《お》れてしまいました。船《ふね》は横《よこ》にかたむいて、水《みず》がどっと船倉《せんそう》へ流《なが》れこんできました。

船《ふね》の中《なか》の人《ひと》たちの命《いのち》が、あぶなくなりました。人魚《にんぎょ》のお姫《ひめ》さまも、ようやく、そのことに気《き》がつきました。でも、そうは思《おも》っても、お姫《ひめ》さま自身《じしん》が、海《うみ》の上《うえ》をただよっている、船《ふね》の材木《ざいもく》や板切《いたき》れに、気《き》をつけなくてはなりません。

そのとき、きゅうに、あたりがまっ暗《くら》になって、なにひとつ見《み》えなくなりました。と、思《おも》うまもなく、また、いろんな光《びか》りがして、ぱっと明《あか》るくなりました。船《ふね》の上《うえ》のものが、またみんな見《み》えました。だれもかれもが、大《おお》さわぎをしています。お姫《ひめ》さまは、その中《なか》で、あの若《わか》い王子《おうじ》の姿《すがた》をさがしました。と、船《ふね》がまっ二《ぷた》つにさけたとたん、深《ふか》い海《うみ》の中《なか》へ、王子《おうじ》の落《お》ちこんでいくのが見《み》えました。

その瞬間《しゅんかん》、お姫《ひめ》さまは、すっかりうれしくなりました。

王子《おうじ》が、海《うみ》の底《そこ》の、自分《じぶん》のそばへくるものと思《おも》ったからです。けれども、すぐまた、人間《にんげん》は水《みず》の中《なか》では生《い》きていられない、ということを思《おも》い出《だ》しました。だから、この王子《おうじ》も死《し》ななければ、おとうさまのお城《しろ》へは降《お》りていくことができないのだと気《き》がつきました。ああ、王子《おうじ》さまを死《し》なせてはいけない！ どうしても死《し》なせてはならない！ そう思《おも》うと、お姫《ひめ》さまは、自分《じぶん》の身《み》の危険《きけん》も忘《わす》れて、海《うみ》の上《うえ》をただよっている材木《ざいもく》や板《いた》のあいだをかきわけて、王子《おうじ》のほうへおよいでいきました。もし、その材《ざい》木《もく》の一《ひと》つでも、からだにあたれば、お姫《ひめ》さまは押《お》しつぶされてしまうのです。

お姫《ひめ》さまは、水《みず》の中《なか》へ深《ふか》くもぐったり、大《おお》きな波《なみ》のあいだに浮《うか》びあがったりしているうちに、とうとう、若《わか》い王子《おうじ》のところへおよぎつきました。王子《おうじ》は、もうこれ以《い》上《じょう》あれくるう海《うみ》の中《なか》をおよぐことはできなくなっていました。手足《てあし》はつかれきって、もう、しびれはじめていたのです。美《うつく》しい目《め》は、しっかりととじていました。もしもこのとき、人魚《にんぎょ》のお姫《ひめ》さまがきてくれなかったなら、きっと死《し》んでしまったことでしょう。お姫《ひめ》さまは、王子《おうじ》の頭《あたま》を水《みず》の上《うえ》に持《も》ちあげて、どこともなく、波《なみ》に身《み》をまかせて、ただよっていきました。

明《あ》けがた近《ちか》く、あらしはすぎさりました。船《ふね》はかげも形《かたち》もなく、あたりには、切《き》れはし一《ひと》つ見《み》えません。お日《ひ》さまがあかあかとのぼって、海《うみ》の面《おもて》をキラキラと照《て》らしました。すると、気《き》のせいか、王子《おうじ》の頬《ほお》にも、血《ち》の気《け》がさしてきたように思《おも》われました。でも、やっぱり、目《め》はかたくとじたままでした。人魚《にんぎょ》のお姫《ひめ》さまは、王子《おうじ》の高《たか》い、美《うつく》しいひたいにキスをして、ぬれた髪《かみ》の毛《け》をなであげてやりました。見《み》れば、王子《おうじ》は、どことなく、海《うみ》の底《そこ》の小《ちい》さな花壇《かだん》にある、あの大理石《だいりせき》の像《ぞう》に似《に》ているような気《き》がします。お姫《ひめ》さまは、もう一度《いちど》キスをして、王子《おうじ》さまが、どうか生《い》きていてくれますように、と、心《こころ》の中《なか》で祈《いの》りました。

やがて、むこうのほうに陸地《りくち》が見《み》えてきました。高《たか》い、青《あお》い山々《やまやま》のいただきには、ちょうど、ハクチョウが寝《ね》ているようなかっこうで、まっ白《しろ》い雪《ゆき》がキラキラ光《ひか》っていました。下《した》の海《うみ》べには、美《うつく》しいみどりの森《もり》があって、その前《まえ》に一《ひと》つの建物《たてもの》が立《た》っていました。それは教会《きょうかい》なのか修道院《しゅうどういん》なのか、お姫《ひめ》さまにはよくわかりませんでした。見《み》ると、庭《にわ》にはレモンやオレンジの木《き》が生《は》えていて、門《もん》の前《まえ》には高《たか》いシュロの木《き》が立《た》っています。海《うみ》は、ここで小《ちい》さな入《い》り江《え》になっていました。入《い》り江《え》の中《なか》はとても静《しず》かでしたが、おくの岩《いわ》のところまでたいそう深《ふか》くなっていました。その岩《いわ》のあたりでは、白《しろ》いこまかい砂《すな》が波《なみ》にあらわれていました。

人魚《にんぎょ》のお姫《ひめ》さまは、美《うつく》しい王子《おうじ》をだいて、そこへおよいでいきました。そして、王子《おうじ》を砂《すな》の上《うえ》に寝《ね》かせましたが、そのときも王子《おうじ》の頭《あたま》を高《たか》くして、暖《あたた》かいお日《ひ》さまの光《ひかり》がよくあたるように、気《き》をつけてあげました。

そのとき、大《おお》きな白《しろ》い建物《たてもの》の中《なか》で、鐘《かね》が鳴《な》りました。そして、若《わか》い娘《むすめ》たちが大《おお》ぜい、庭《にわ》から出《で》てきました。それを見《み》ると、人魚《にんぎょ》のお姫《ひめ》さまは、そこから離《はな》れて、二《ふた》つ三《みっ》つ海《うみ》の面《おもて》につき出《で》ている、大《おお》きな岩《いわ》のかげまでおよいでいきました。そこで、海《うみ》のあわを髪《かみ》の毛《け》や胸《むね》にかぶって、だれにも顔《かお》を見《み》られないようにしてから、この気《き》の毒《どく》な王子《おうじ》のそばに、どんな人《ひと》がやってくるか、じっと見《み》ていました。

まもなく、ひとりの若《わか》い娘《むすめ》が歩《ある》いてきました。娘《むすめ》は、王子《おうじ》を見《み》ると、たいそうびっくりしたようでした。でも、すぐにもどっていって、ほかの人《ひと》たちを呼《よ》んできました。人魚《にんぎょ》のお姫《ひめ》さまが、なおも目《め》を離《はな》さずに見《み》ていますと、王子《おうじ》は、とうとう気《き》がついて、まわりにいる人《ひと》たちにほほえみかけました。けれども、命《いのち》をたすけてくれた人魚《にんぎょ》のお姫《ひめ》さまのほうへは、ほほえんでも見《み》せませんでした。考《かんが》えてみれば、むりもありません。お姫《ひめ》さまに命《いのち》をたすけてもらったことなどは、夢《ゆめ》にも知《し》らないのですからね。

でも、お姫《ひめ》さまは、たいそう悲《かな》しくなりました。まもなく、王子《おうじ》が大《おお》きな建物《たてもの》の中《なか》にはこばれていってしまうと、人魚《にんぎょ》のお姫《ひめ》さまは、悲《かな》しみながら水《みず》の中《なか》へしずんで、おとうさまのお城《しろ》へもどっていきました。

このお姫《ひめ》さまは、もともと、もの静《しず》かで、考《かんが》え深《ぶか》いたちでしたが、今《いま》では、それがもっともっとひどくなりました。

「ねえ、海《うみ》の上《うえ》で、どんなものを見《み》てきたの?」と、おねえさまたちはしきりにたずねましたが、お姫《ひめ》さまはなんにも話《はな》しませんでした。

それからは、幾晩《いくばん》も幾朝《いくあさ》も、お姫《ひめ》さまは、王子《おうじ》と別《わか》れた海《うみ》べに浮《うか》びあがっていきました。いつのまにか、庭《にわ》の木《き》の実《み》が熟《じゅく》してもぎとられていくのを見《み》ました。高《たか》い山々《やまやま》の雪《ゆき》が、とけていくのも見《み》ました。それでも、王子《おうじ》の姿《すがた》は見《み》えません。そのたびに、お姫《ひめ》さまは、前《まえ》よりもいっそう悲《かな》しくなって、うちへ帰《かえ》っていくのでした。

いまのお姫《ひめ》さまにとっては、自分《じぶん》の小《ちい》さな花壇《かだん》の中《なか》にすわって、王子《おうじ》に似《に》ている、あの美《うつく》しい大理石《だいりせき》の像《ぞう》を腕《うで》にだくことだけが、たった一《ひと》つのなぐさめとなりました。

もう、お姫《ひめ》さまは、花《はな》の手入《てい》れもしてやりません。ですから、草花《くさばな》は、まるで荒《あ》れ野《の》のように、道《みち》の上《うえ》までぼうぼうとおいしげってしまいました。おまけに、長《なが》いくきや葉《は》が、木《き》の枝《えだ》とからみあっているものですから、あたりはまっ暗《くら》になりました。

とうとう、人魚《にんぎょ》のお姫《ひめ》さまは、もうこれ以上《いじょう》がまんができなくなりました。自分《じぶん》の苦《くる》しい気持《きもち》をおねえさまのひとりに、そっと打《う》ちあけました。すると、すぐに、ほかのおねえさまたちにも知《し》れてしまいました。でも、この話《はなし》を知《し》っているのは、おねえさまたちと、ほかに、二《に》、三人《さんにん》の人魚《にんぎょ》の娘《むすめ》たちだけでした。みんなは、ごくなかのいい友《とも》だちにしか話《はな》さなかったからです。ところが、ぐうぜんなことに、その友《とも》だちの中《なか》に、王子《おうじ》のことを知《し》っている娘《むすめ》がいました。その娘《むすめ》も、いつか船《ふね》の上《うえ》で開《ひら》かれていた、王子《おうじ》の誕生日《たんじょうび》のお祝《いわ》いを見《み》ていたのでした。そして、うれしいことに、王子《おうじ》がどこの国《くに》の人《ひと》で、その国《くに》はどこにあるのかということまで、知《し》っていました。

「さあ、行《ゆ》きましょう」と、ほかのお姫《ひめ》さまたちが言《い》いました。そして、みんなで、腕《うで》と肩《かた》とを組《く》んで、長《なが》く一列《いちれつ》にならんで、王子《おうじ》のお城《しろ》のあるという海《うみ》べへ浮《うか》びあがっていきました。

そのお城《しろ》は、つやつやした、うす黄色《きいろ》の石《いし》で作《つく》られていました。大《おお》きな大理石《だいりせき》の階段《かいだん》がいくつもあって、その一《ひと》つは海《うみ》の中《なか》まで降《お》りていました。上《うえ》には、金色《きんいろ》の、すばらしいまる屋根《やね》がそびえていました。まる柱《ばしら》が建物《たてもの》のまわりをとりまいていましたが、その柱《はしら》と柱《はしら》のあいだには、ほんとうに生《い》きているのではないかと思《おも》われるような、大理石《だいりせき》の像《ぞう》が立《た》っていました。

高《たか》い窓《まど》のすきとおったガラスからは、中《なか》が見《み》えました。そこには、たとえようもないくらいりっぱな広間《ひろま》がつづいていて、りっぱな絹《きぬ》のカーテンと、じゅうたんとがかかっていました。それに、かべというかべには、大《おお》きな絵《え》がいくつもかざってあって、いくら見《み》ていても、あきないくらいでした。いちばん大《おお》きな広間《ひろま》のまんなかには、大《おお》きなふんすい・・・が、サラサラと音《おと》をたてていました。そのしぶきは高《たか》く飛《と》びちって、ガラスばりのまる天井《てんじょう》まで、届《とど》くほどでした。お日《ひ》さまの光《ひかり》が、ガラスの天井《てんじょう》からさしこんできて、水《みず》の上《うえ》や、大《おお》きな水盤《すいばん》に浮《うか》んでいる美《うつく》しい水草《みずくさ》を、キラキラと照《て》らしていました。

こうして、王子《おうじ》の住《す》んでいるところがわかると、人魚《にんぎょ》のお姫《ひめ》さまは、それからというものは、夕方《ゆうがた》から夜《よる》にかけて、何度《なんど》も何度《なんど》も、その海《うみ》べへ浮《うか》びあがっていきました。そして、ほかの人《ひと》たちには、とてもまねのできないくらい、陸《りく》の近《ちか》くまでおよいでいきました。それどころか、しまいには、せまい水路《すいろ》をさかのぼって、美《うつく》しい大《だい》理石《りせき》のテラスの下《した》まで行《ゆ》きました。テラスのかげは、水《みず》の面《おもて》に長《なが》くうつっていました。

人魚《にんぎょ》のお姫《ひめ》さまは、そのテラスの下《した》に身《み》をかくして、若《わか》い王子《おうじ》を見《み》あげました。王子《おうじ》のほうでは、ほかにだれかいようとは夢《ゆめ》にも知《し》らず、ただひとり、明《あか》るいお月《つき》さまの光《ひかり》をあびて立《た》っていました。

お姫《ひめ》さまは、王子《おうじ》が音楽《おんがく》をかなでながら、旗《はた》をひらひらとなびかせた、美《うつく》しいボートに乗《の》って、夕方《ゆうがた》海《うみ》に出《で》ていくのを、何度《なんど》もながめました。お姫《ひめ》さまは、みどりのアシのあいだから、そっとのぞいていたのでした。風《かぜ》がそよそよと吹《ふ》いてきて、お姫《ひめ》さまのしろがね色《いろ》の、長《なが》いベールをひらひらさせると、それを見《み》た人《ひと》は、ハクチョウがつばさをひろげたのだろうと思《おも》いました。

漁師《りょうし》たちが、晩《ばん》にたいまつをともして、海《うみ》の上《うえ》で漁《りょう》をしながら、若《わか》い王子《おうじ》のうわさをしてほめているようなことが、よくありました。お姫《ひめ》さまは、それを聞《き》くたびに、この王子《おうじ》が、いつかあれくるう波《なみ》にもまれて、いまにも死《し》にかかっていたとき、自分《じぶん》が、その命《いのち》をたすけてあげたのだと思《おも》うと、うれしくてなりませんでした。そして、王子《おうじ》の頭《あたま》が、自分《じぶん》の胸《むね》の上《うえ》にじっともたれていたことや、王子《おうじ》のひたいに、心《こころ》をこめてキスをしたことなどを思《おも》い出《だ》すのでした。でも、王子《おうじ》のほうでは、そんなことはなんにも知《し》らないのです。お姫《ひめ》さまのことなどは、夢《ゆめ》にも思《おも》ってみたことがありませんでした。

お姫《ひめ》さまは、だんだんに人間《にんげん》をしたうようになりました。ますます、人間《にんげん》の世界《せかい》へのぼっていって、仲間《なかま》にはいりたいと思《おも》うようになりました。人間《にんげん》の世界《せかい》は、海《うみ》の人魚《にんぎょ》の世界《せかい》よりも、ずっとずっと大《おお》きいように思《おも》われました。人間《にんげん》は、海《うみ》の上《うえ》を船《ふね》に乗《の》って走《はし》ることができます。雲《くも》の上《うえ》までそびえている、高《たか》い山《やま》にものぼることができます。それに、人間《にんげん》の住《す》んでいる陸地《りくち》には、森《もり》や畑《はたけ》があって、それが、お姫《ひめ》さまの目《め》の届《とど》かないほど遠《とお》くまで、どこまでもどこまでもひろがっているのです。

お姫《ひめ》さまの知《し》りたいと思《おも》うことは、まだまだたくさんありました。おねえさまたちにきいてみても、だれもみんな答《こた》えてくれることはできません。そこで、お姫《ひめ》さまは、お年《とし》をとったおばあさまにたずねてみました。おばあさまなら、上《うえ》の世界《せかい》のことをよく知《し》っていましたから。上《うえ》の世界《せかい》というのは、おばあさまが海《うみ》の上《うえ》の陸地《りくち》につけた、なかなかうまい名前《なまえ》だったのです。

「人間《にんげん》というものは、おぼれて死《し》ななければ、いつまでも生《い》きていられるんでしょうか？　海《うみ》の底《そこ》のあたしたちのように、死《し》ぬことはないんですか？」と、人魚《にんぎょ》のお姫《ひめ》さまはたずねました。

「いいえ、おまえ、人間《にんげん》だって死《し》にますとも」と、おばあさまは言《い》いました。「それに、人間《にんげん》の一生《いっしょう》は、かえって、わたしたちの一生《いっしょう》よりも短《みじか》いんだよ。わたしたちは、三百年《さんびゃくねん》も生《い》きていられるね。けれども、死《し》んでしまえば、わたしたちはあわになって、海《うみ》の面《おもて》に浮《う》いて出《で》てしまうから、海《うみ》の底《そこ》のなつかしい人《ひと》たちのところで、お墓《はか》を作《つく》ってもらうことができないんだよ。わたしたちは、いつまでたっても、死《し》ぬことのない魂《たましい》というものもなければ、もう一度《いちど》生《うま》れかわるということもない。わたしたちは、あのみどりの色《いろ》をした、アシに似《に》ているんだよ。ほら、アシは、一度《いちど》切《き》りとられれば、もう二度《にど》とみどりの葉《は》を出《だ》すことができないだろう。

ところが、人間《にんげん》には、いつまでも死《し》なない魂《たましい》というものがあってね。からだが死《し》んで土《つち》になったあとまでも、それは生《い》きのこっているんだよ。そして、その魂《たましい》は、すんだ空気《くうき》の中《なか》を、キラキラ光《ひか》っている、きれいなお星《ほし》さまのところまで、のぼっていくんだよ。わたしたちが、海《うみ》の上《うえ》に浮《うか》びあがって、人間《にんげん》の国《くに》を見《み》るように、人間《にんげん》の魂《たましい》は、わたしたちがけっして見《み》ることのできない、美《うつく》しいところへのぼっていくんだよ。そこは天国《てんごく》といって、人間《にんげん》にとっても、前《まえ》から知《し》ることのできない世界《せかい》なんだがね」

「どうして、あたしたちには、いつまでたっても死《し》なないという魂《たましい》がさずかりませんの?」と、人魚《にんぎょ》のお姫《ひめ》さまは、悲《かな》しそうにたずねるのでした。「あたしの生《い》きていられる、何百年《なんびゃくねん》という年《とし》を、すっかりお返《かえ》ししてもいいから、そのかわり、たった一日《いちにち》だけでも、人間《にんげん》になりたいわ。そうして、その天国《てんごく》とかいうところへのぼっていきたいわ」

「そんなことを考《かんが》えちゃいけないよ」と、おばあさまが言《い》いました。「わたしたちは、あの上《うえ》の世界《せかい》の人間《にんげん》よりも、ずっとしあわせなんだからね」

「だって、それなら、あたしは死《し》んでしまうと、あわになって、海《うみ》の上《うえ》をただよわなくてはならないんでしょう。そうなれば、もう、波《なみ》の音楽《おんがく》も聞《き》かれないでしょうし、きれいなお花《はな》や、まっかなお日《ひ》さまも見《み》られないんでしょう。ああ、どうにかして、いつまでも死《し》なないという、その魂《たましい》をさずかることはできないものでしょうか？」

「そんなことをいってもねえ」と、おばあさまが言《い》いました。「でも、たった一《ひと》つ、こういうことがあるよ。人間《にんげん》の中《なか》のだれかが、おまえを好《す》きになって、それこそ、おとうさんよりもおかあさんよりも、おまえのほうが好《す》きになるんだね。心《こころ》の底《そこ》からおまえを愛《あい》するようになって、牧師《ぼくし》さまにお願《ねが》いをする。すると、牧師《ぼくし》さまが、その人《ひと》の右手《みぎて》をおまえの右手《みぎて》に置《お》きながら、この世《よ》でもあの世《よ》でも、いついつまでも、ま心《ごころ》はかわりませんと、かたいちかいをたてさせてくださる。そうなってはじめて、その人《ひと》の魂《たましい》が、おまえのからだの中《なか》につたわって、おまえも人間《にんげん》の幸福《こうふく》を分《わ》けてもらえるようになるということだよ。その人《ひと》は、おまえに魂《たましい》を分《わ》けてくれても、自分《じぶん》の魂《たましい》は、ちゃんと、もとのように持《も》っているんだって。

でも、そんなことは、起《おこ》るはずがない。だって、考《かんが》えてもごらん。この海《うみ》の底《そこ》では、美《うつく》しいと思《おも》われているものでも、たとえばだね、おまえの持《も》っている、そのさかなのしっぽにしたって、陸《りく》の上《うえ》にいる人間《にんげん》の目《め》には、みにくく見《み》えるんだからね。人間《にんげん》には、そのねうちがわからないんだよ。だから、そのかわりに、かっこうのわるい、二本《にほん》のつっかい棒《ぼう》を持《も》たなければならないんだよ。人間《にんげん》は、うまく言《い》いつくろうために、そのつっかい棒《ぼう》のことを、足《あし》なんて言《い》っているけどね」

それを聞《き》くと、人魚《にんぎょ》のお姫《ひめ》さまは、ほっとため息《いき》をついて、悲《かな》しそうに自分《じぶん》のさかなのしっぽをながめました。

「さあさあ、ゆかいになろうよ」と、おばあさまが言《い》いました。「はねたり踊《おど》ったりして、わたしたちの生《い》きていられる三百年《さんびゃくねん》のあいだを、楽《たの》しく暮《くら》そうよ。三百年《さんびゃくねん》といえば、ずいぶん長《なが》い年月《ねんげつ》じゃないの。それからあとは、思《おも》いのこすこともなく、ゆっくり休《やす》むことができるというものさ。そうそう、今夜《こんや》は、舞踏会《ぶとうかい》を開《ひら》こうね」

その晩《ばん》の舞踏会《ぶとうかい》は、陸《りく》の上《うえ》ではとても見《み》られない、美《うつく》しい、はなやかなものでした。

大《おお》きな部屋《へや》のかべや天井《てんじょう》は、あついけれども、よくすきとおるガラスでできていました。広間《ひろま》のどこを見《み》まわしても、かべというかべには、バラ色《いろ》や草色《くさいろ》の大《おお》きな貝《かい》がらが、二《に》、三百《さんびゃく》も列《れつ》を作《つく》ってならんでいました。そして、その貝《かい》がらの一《ひと》つ一《ひと》つに、青《あお》いほのおの燃《も》えている明《あか》りがともっていて、広間《ひろま》じゅうを明《あか》るく照《て》らしていました。

そのうえ、かべをとおして、外《そと》のほうまでさしていましたから、まわりの海《うみ》は青《あお》い光《ひかり》で、明《あか》るく照《て》らしだされていました。

かぞえきれないほどたくさんのさかなたちが、ガラスのかべのほうにむかっておよいでくるのが見《み》えました。まっかなうろこをキラキラさせているさかなもあれば、金色《きんいろ》や銀色《ぎんいろ》のうろこをきらめかせているのもありました。

広間《ひろま》のまんなかを、はばの広《ひろ》い流《なが》れが一《ひと》すじ、サラサラと音《おと》をたてて流《なが》れていました。その流《なが》れの上《うえ》では、人《にん》魚《ぎょ》の男《おとこ》や女《おんな》たちが、美《うつく》しい人魚《にんぎょ》の歌《うた》をうたいながら、それに合《あわ》せて踊《おど》っていました。そんな美《うつく》しい声《こえ》は、とても地上《ちじょう》の人間《にんげん》にはありません。わけても、いちばん下《した》のお姫《ひめ》さまは、だれよりも、美《うつく》しい声《こえ》でうたいました。みんなは、手《て》をたたいてほめそやしました。お姫《ひめ》さまも、心《こころ》の中《なか》ではうれしく思《おも》いました。陸《りく》の上《うえ》にも、海《うみ》の中《なか》にも、自分《じぶん》より美《うつく》しい声《こえ》を持《も》っているものがないことを思《おも》ったからでした。けれども、すぐまた、上《うえ》の世界《せかい》のことを思《おも》うのでした。あの美《うつく》しい王子《おうじ》のこと、王子《おうじ》の持《も》っているような、死《し》ぬことのない魂《たましい》が、自分《じぶん》にはないという悲《かな》しみを、どうしても忘《わす》れることができませんでした。

それを思《おも》うと、お姫《ひめ》さまはたまらなくなって、おとうさまのお城《しろ》からこっそり抜《ぬ》けだしました。みんなは、お城《しろ》の中《なか》でにぎやかにうたったり、踊《おど》ったりしているというのに、お姫《ひめ》さまだけは、たったひとりで、自分《じぶん》の小《ちい》さな花壇《かだん》の中《なか》に、悲《かな》しみに沈《しず》んですわっていました。

そのとき、ふと、角《つの》ぶえのひびきが、水《みず》の中《なか》をつたわって聞《きこ》えてきました。お姫《ひめ》さまは、はっとして、思《おも》いました。

「きっと、いま、あのかたが海《うみ》の上《うえ》を、船《ふね》に乗《の》ってお通《とお》りになっているのだわ。おとうさまよりもおかあさまよりももっと好《す》きなあのかたが。あたしがいつも思《おも》っているあのかたが。あのかたのお手《て》に、あたしの一生《いっしょう》のしあわせをおまかせしてもいいわ。あのかたと死《し》ぬことのない魂《たましい》とが、あたしのものになるのなら、どんなことでもやってみるわ。おねえさまたちが、おとうさまのお城《しろ》の中《なか》で踊《おど》っているあいだに、魔法使《まほうつか》いのおばあさんのところへ行《い》ってみよう。あの魔法使《まほうつか》いは、今《いま》まではこわくてならなかったけど、でも、きっといい知恵《ちえ》をかして、助《たす》けてくれるわ」

そこで、人魚《にんぎょ》のお姫《ひめ》さまは、庭《にわ》から出《で》て、ゴーゴーとすさまじい音《おと》をたてている、うずまきのほうへ行《ゆ》きました。魔法使《まほうつか》いは、このうずまきのむこうに住《す》んでいるのです。

人魚《にんぎょ》のお姫《ひめ》さまは、この道《みち》をまだ一度《いちど》も通《とお》ったことがありませんでした。そこには、花《はな》も咲《さ》いていなければ、海草《かいそう》も生《は》えていません。ただ、なんにもない、灰色《はいいろ》の砂《すな》地《ち》があるばかりです。それが、うずのまいているところまでひろがっていました。そこでは、海《うみ》の水《みず》がゴーゴーと音《おと》をたてて、水車《すいしゃ》のようにうずをまいていました。いったん、その中《なか》にまきこまれたが最後《さいご》、どんなものでも、深《ふか》い底《そこ》のほうへひきずりこまれてしまうのでした。どんなものをも、粉々《こなごな》にくだいてしまう、このうずのまんなかを通《とお》りぬけていかなければ、魔法使《まほうつか》いの国《くに》へは行《ゆ》くことができないのです。おまけに、そこまで行《ゆ》くのには、ずいぶん長《なが》いあいだ、ブクブクとあわのたっている、あついどろの上《うえ》を行《ゆ》くほかには道《みち》がありません。

このどろのところを、魔法使《まほうつか》いは、どろ沼《ぬま》と言《い》っていました。そのむこうに、ふしぎな森《もり》があって、そのまんなかに、魔法使《まほうつか》いの家《いえ》があるのです。

森《もり》の中《なか》の木《き》ややぶは、どれもこれも、はんぶんは動物《どうぶつ》で、はんぶんは植物《しょくぶつ》のポリプでした。そのありさまは、ちょうど百《ひゃく》の頭《あたま》を持《も》ったヘビが、地《ち》から生《は》え出《で》ているようでした。枝《えだ》はといえば、みんな、ねばねばした長《なが》い腕《うで》で、まるで、ミミズのようにまがりくねる指《ゆび》を持《も》っていました。そして、根《ね》もとから、いちばん先《さき》のはしまで、一節《ひとふし》一節《ひとふし》を動《うご》かすことができました。こうしていて、水《みず》の中《なか》で何《なに》かをつかまえようものなら、それがどんなものであろうと、しっかりとまきついて、二度《にど》とはなしはしないのです。

人魚《にんぎょ》のお姫《ひめ》さまは、ここまでやってくると、すっかりこわくなって、立《た》ちすくみました。あまりのおそろしさに、胸《むね》はどきどきしています。引《ひ》きかえそうかとも思《おも》いましたが、王子《おうじ》のことや、人間《にんげん》の魂《たましい》のことなどを思《おも》って、また、勇気《ゆうき》をふるいおこしました。そこで、まず、ほどけた長《なが》い髪《かみ》の毛《け》を、頭《あたま》にしっかりと巻《ま》きつけて、ポリプにつかまらないようにしました。それから、両手《りょうて》を胸《むね》の上《うえ》にかさねて、さかながが水《みず》の中《なか》をすいすいとおよぐように、気味《きみ》のわるいポリプのあいだをすりぬけていきました。そのあいだじゅう、ポリプたちは、腕《うで》と指《ゆび》とをお姫《ひめ》さまのほうへ、うねうねと伸《の》ばしていました。

見《み》れば、どのポリプも、つかまえたものを、何百《なんびゃく》というう小《ちい》さな腕《うで》でぎゅっとしめつけているのです。まるで、がんじょうな鉄《てつ》のひもででもしめつけているようなぐあいに。海《うみ》で死《し》んで、底深《そこふか》く沈《しず》んできた人間《にんげん》が、白骨《はっこつ》となって、ポリプの腕《うで》のあいだからのぞいていました。船《ふね》のかいや、箱《はこ》もしめつけられていました。そうかと思《おも》うと、陸《りく》の動物《どうぶつ》の骨《ほね》も見《み》えました。ほかにもまだ、小《ちい》さな人魚《にんぎょ》の娘《むすめ》がひとりつかまって、しめ殺《ころ》されていました。そのありさまが、お姫《ひめ》さまには、この上《うえ》もなくおそろしいものに思《おも》われました。

やがて、お姫《ひめ》さまは、森《もり》の中《なか》の、どろどろした広《ひろ》いところへきました。そこには、あぶらぎった、大《おお》きなウミヘビがとぐろをまいて、気味《きみ》のわるい、うす黄色《きいろ》の腹《はら》を見《み》せていました。広場《ひろば》のまんなかに、一《いっ》けんの家《いえ》が立《た》っていましたが、それは、船《ふね》が沈《しず》んだときに死《し》んだ人間《にんげん》の白骨《はっこつ》で、作《つく》ったものでした。

その家《いえ》の中《なか》に、魔法使《まほうつか》いがいたのです。魔法使《まほうつか》いは、ちょうど、人間《にんげん》が小《ちい》さなカナリアにおさとうをなめさせてやるようなぐあいに、自分《じぶん》の口《くち》から、ヒキガエルにえ・さをやっているところでした。そして、あの見《み》るもいやらしい、ふとったウミヘビを、魔法使《まほうつか》いは、「かわいいひなっこや」と呼《よ》んで、だぶだぶした大《おお》きな胸《むね》の上《うえ》をはいずりまわらせていました。

「おまえさんがなんできたのか、わたしにゃ、ちゃんとわかってるよ」と、魔法使《まほうつか》いの女《おんな》は言《い》いました。「ばかなことはやめておおき。わがままを押《お》し通《とお》すと、今《いま》にふしあわせになるよ、きれいなお姫《ひめ》さん。おまえさんは、さかなのしっぽを取《と》っちゃって、そのかわり、人間《にんげん》みたいに、歩《ある》くときに使《つか》う、二本《にほん》のつっかい棒《ぼう》がほしいんだろ。そうして、若《わか》い王子《おうじ》がおまえさんを好《す》きになって、おまえさんは、王子《おうじ》と死《し》ぬことのない魂《たましい》を手《て》に入《い》れようってつもりだね」

こう言《い》って、魔法使《まほうつか》いは、ぞっとするような高《たか》い声《こえ》で笑《わら》いました。そのひょうしに、ヒキガエルとウミヘビは下《した》にころがり落《お》ちて、あたりをはいずりまわりました。

「だが、おまえさんは、いいときにきたんだよ」と、魔法使《まほうつか》いは言《い》いました。

「あしたになって、おてんとさまがのぼっちまえば、あと一年《いちねん》たたないことにゃ、おまえさんを助《たす》けてやるわけにはいかなかったんだよ。どれ、ひとつ、飲《の》みぐすりをこしらえてやろうかね。おまえさんは、それを持《も》って、おてんとさまののぼらないうちに、陸地《りくち》におよいでいくんだよ。それから、岸《きし》にあがって、くすりをお飲《の》み。そうすりゃ、おまえさんのしっぽはちぢんでしまって、足《あし》ってものになるよ。ほら、人間《にんげん》がきれいな足《あし》といってる、あれさ。だが、そりゃあ痛《いた》いのなんのって。まるで、するどい剣《けん》でつきさされるようだよ。

そのかわり、おまえさんを見《み》れば、どんな人間《にんげん》でも、ああ、今《いま》までに見《み》たことのないきれいな娘《むすめ》だ、と言《い》うにきまってるよ。おまえさんの歩《ある》きかたはじょうひんで、軽《かる》そうで、どんな踊《おど》り子《こ》だって、おまえさんみたいにはいかないさ。だが、歩《ある》けば、ひとあしごとに、するどいナイフをふんで、血《ち》が出《で》るような思《おも》いをするだろうよ。どうだい。それでも、がまんができるというのなら、力《ちから》をかしてやってもいいよ」

「はい、お願《ねが》いします」と、人魚《にんぎょ》のお姫《ひめ》さまは、ふるえる声《こえ》で言《い》いました。王子《おうじ》のことを思《おも》い、死《し》なない魂《たましい》を手《て》に入《い》れることを、じっと思《おも》っていました。

「だが、これだけは忘《わす》れちゃいけないよ」と、魔法使《まほうつか》いが言《い》いました。「一度《いちど》、人間《にんげん》の姿《すがた》になっちまえば、もう二度《にど》と、人魚《にんぎょ》の娘《むすめ》にもどることはできないんだよ。二《に》度《ど》と水《みず》の中《なか》をくぐって、ねえさんたちや、おとうさんのお城《しろ》へ、もどってはこられないんだよ。それにだね、王《おう》子《じ》が、おとうさんやおかあさんのことを忘《わす》れてしまうほど、おまえさんを好《す》きになって、心《こころ》の底《そこ》から、おまえさんのことばかり思《おも》うようになり、牧師《ぼくし》さんにたのんで、おまえさんたちふたりの手《て》をにぎらせてもらって、夫婦《ふうふ》にしてもらわなきゃ、死《し》なない魂《たましい》は、おまえさんの手《て》には、はいりっこないんだよ。もしも王子《おうじ》が、だれかほかの女《おんな》とでも結婚《けっこん》しようもんなら、そのつぎの朝《あさ》には、おまえさんの心臓《しんぞう》ははれつして、おまえさんは、水《みず》の上《うえ》のあわとなってしまうんだよ……」

「それでもかまいません」と、人魚《にんぎょ》のお姫《ひめ》さまは言《い》いました。けれども、顔《かお》の色《いろ》は、死人《しにん》のように青《あお》ざめました。

「それから、わたしにはらう代金《だいきん》のことも、忘《わす》れちゃこまるよ」と、魔法使《まほうつか》いは言《い》いました。「なにしろ、わたしのほしいってのは、ちょっとやそっとのものじゃないからね。おまえさんは、この海《うみ》の底《そこ》のだれよりもきれいな声《こえ》を持《も》っている。その声《こえ》で王子《おうじ》の心《こころ》をまよわそうってつもりなんだろうが、じつはその声《こえ》を、わたしゃもらいたいのさ。

だいじな飲《の》みぐすりをやるんだから、そのかわりに、おまえさんの持《も》っているいちばんいいものを、もらいたいってわけだよ。なにしろ、飲《の》みぐすりが、もろ刃《は》のつるぎのようによくきくようにするためにゃ、わたしゃあ、自分《じぶん》の血《ち》を、その中《なか》へまぜこまなきゃならないんだからね」

「でも、あなたに、この声《こえ》をあげてしまったら、あたしには、いったい、何《なに》がのこるんでしょう?」と、人魚《にんぎょ》のお姫《ひめ》さまが言《い》いました。

「おまえさんにゃ、きれいな姿《すがた》と、軽《かる》い、じょうひんな歩《ある》きかたと、ものをいう目《め》があるじゃないか。それだけありゃ、人間《にんげん》の心《こころ》をまよわすことができるってもんさ。おや、おまえさん、勇気《ゆうき》がなくなったかい? さあ、さ、その小《ちい》さな舌《した》をお出《だ》し。くすりのお代《だい》に切《き》らせてもらうよ。そのかわり、よくきくくすりはやるからね……」

「いいわ、どうぞ」と、人魚《にんぎょ》のお姫《ひめ》さまは言《い》いました。

魔法使《まほうつか》いは、なべを火《ひ》にかけて、魔法《まほう》のくすりを作《つく》りにかかりました。

「まず、きれいにしてとね」

魔法使《まほうつか》いは、こう言《い》って、ヘビをくるくると結《むす》んで、それで、なべをみがきました。それがすむと、今度《こんど》は、自分《じぶん》の胸《むね》をひっかいて、黒《くろ》い血《ち》をなべの中《なか》にたらしました。すると、そこから湯気《ゆげ》が、もうもうとたちのぼって、なんともいえない、気味《きみ》のわるい形《かたち》になりました。

そのようすは、まったくおそろしくて、ぞっとするほどでした。魔法使《まほうつか》いは、ひっきりなしに、なべの中《なか》に新《あたら》しいものを入《い》れました。やがて、それがよくにたつと、まるで、ワニの鳴《な》くような音《おと》をたてました。こうして、とうとう、くすりができあがりました。見《み》ただけでは、まるで、きれいにすんだ水《みず》のようでした。

「さてと、できたよ」と、魔法使《まほうつか》いは言《い》いました。そして、人魚《にんぎょ》のお姫《ひめ》さまの舌《した》を切《き》りとりました。これで、お姫《ひめ》さまはおしになってしまいました。もうこれからは、歌《うた》もうたえませんし、ものを言《い》うこともできません。

「おまえさんが、これから森《もり》の中《なか》を帰《かえ》っていくとき、ポリプどもにつかまりそうになったら」と、魔法使《まほうつか》いは言《い》いました。「たった一《ひと》たらしでいいから、この飲《の》みぐすりをかけてやんなさい。そうすりゃ、やつらの腕《うで》や指《ゆび》は、みんな粉々《こなごな》に飛《と》んじまうから」

　でも、そんなことをするまでもありませんでした。ポリプたちは、お姫《ひめ》さまの手《て》の中《なか》で、くすりがお星《ほし》さまのようにキラキラ光《ひか》っているのを見《み》ると、はっとおそれて、からだをひっこめてしまいました。ですから、お姫《ひめ》さまは、なんの苦《く》もなく、森《もり》もどろ沼《ぬま》も、はげしいうず・・・まきの中《なか》をも通《とお》りぬけていきました。

　おとうさまのお城《しろ》が見《み》えてきました。大《おお》きな部屋《へや》の明《あか》りは、もう消《き》えています。みんなは、きっと寝《ね》ているのにちがいありません。お姫《ひめ》さまは、みんなのところへ行《ゆ》こうとはしませんでした。今《いま》は、ものを言《い》うこともできませんし、それに、きょうかぎり、一生《いっしょう》のお別《わか》れをしようと思《おも》っているのです。お姫《ひめ》さまの心《こころ》は、悲《かな》しみのためにはりさけそうでした。そっとお庭《にわ》の中《なか》にはいっていって、おねえさまたちの花壇《かだん》から、一《ひと》つずつ花《はな》をつみとりました。そして、お城《しろ》のほうへ、何度《なんど》も何度《なんど》もキスを投《な》げてから、青《あお》い海《うみ》の中《なか》を上《うえ》へ上《うえ》へとのぼっていきました。

まだ、お日《ひ》さまののぼらないころ、人魚《にんぎょ》のお姫《ひめ》さまは、王子《おうじ》のお城《しろ》を見《み》あげながら、りっぱな大理石《だいりせき》の階段《かいだん》の上《うえ》にのぼりました。お月《つき》さまが、美《うつく》しく、明《あか》るくかがやいていました。人魚《にんぎょ》のお姫《ひめ》さまは、燃《も》えるように強《つよ》いくすりを飲《の》みました。すると、もろ刃《は》のつるぎで、かぼそいからだをつきさされたような気《き》がしました。たちまち、・・・

気《き》が遠《とお》くなって、死《し》んだようにその場《ば》にたおれました。

やがて、お日《ひ》さまがキラキラと海《うみ》の面《おもて》を照《て》らしました。人魚《にんぎょ》のお姫《ひめ》さまはようやく気《き》がつきましたが、はげしい痛《いた》みをからだに感《かん》じました。目《め》をあげて見《み》れば、すぐ前《まえ》に、あの美《うつく》しい、若《わか》い王子《おうじ》が立《た》っています。王子《おうじ》は、黒《くろ》い目《め》で、じっと、お姫《ひめ》さまを見《み》つめていました。お姫《ひめ》さまは、思《おも》わず、その目《め》をふせました。と、どうでしょう。さかなのしっぽは、いつのまにか消《き》えてしまって、かわいらしい人間《にんげん》の娘《むすめ》しか持《も》っていないような、世《よ》にも美《うつく》しい、小《ちい》さな白《しろ》い足《あし》が生《は》えているではありませんか。けれども、お姫《ひめ》さまは、なんにも着《き》ていません。はだかでしたので、ゆたかな長《なが》い髪《かみ》の毛《け》で、からだをかくしました。

「あなたは、どういうかたですか？　どうしてここへきたのですか？」と、王子《おうじ》はたずねました。

お姫《ひめ》さまは、青《あお》い目《め》で、いかにもやさしそうに、でも、たいそう悲《かな》しげに、王子《おうじ》を見《み》つめました。なぜって、お姫《ひめ》さまは、口《くち》をきくことができないのですから。王子《おうじ》は、お姫《ひめ》さまの手《て》をとって、お城《しろ》の中《なか》へ連《つ》れていきました。

お姫《ひめ》さまは、ひとあし歩《ある》くたびごとに、魔法使《まほうつか》いが前《まえ》に言《い》ったとおり、とがった針《はり》か、するどいナイフの上《うえ》をふんでいるような思《おも》いがしました。けれども、このくらいの苦《くる》しみはよろこんでがまんしました。王子《おうじ》に手《て》を引《ひ》かれながら、お姫《ひめ》さまは、水《みず》のあわかと思《おも》われるほど、たいそうかろやかに、のぼっていきました。その軽々《かるがる》とした、かわいらしいお姫《ひめ》さまの歩《ある》きかたに、王子《おうじ》もほかの人《ひと》たちも、ただただおどろいていました。

お姫《ひめ》さまは、絹《きぬ》やモスリンの、りっぱな着物《きもの》をいただきました。お城《しろ》の中《なか》で、お姫《ひめ》さまが、だれよりもいちばんきれいでした。でも、かわいそうに、おしだったのです。

歌《うた》をうたうことも、ものを言《い》うこともできません。絹《きぬ》と金《きん》とで着《き》かざった、美《うつく》しい女《おんな》のどれいたちが出《で》てきて、王子《おうじ》と、王子《おうじ》のご両親《りょうしん》の王《おう》さま、お妃《きさき》さまの前《まえ》で、歌《うた》をうたいました。中《なか》のひとりが、ほかのものよりもじょうずにうたいました。すると、王子《おうじ》は手《て》をたたいて、その女《おんな》のほうへほほえみかけました。それを見《み》ると、人魚《にんぎょ》のお姫《ひめ》さまはとても悲《かな》しくなりました。自分《じぶん》だったら、もっともっとよい声《こえ》でうたうことができたのに、と思《おも》ったのです。そして、心《こころ》の中《なか》で言《い》いました。

「ああ、王子《おうじ》さま、あなたのおそばにいたいために、あたしは、永久《えいきゅう》に声《こえ》をすててしまったのです。せめて、それだけでも、わかってくださったら」

やがて、女《おんな》のどれいたちは、すばらしい音楽《おんがく》に合《あわ》せて、今度《こんど》は、美《うつく》しく、かろやかに踊《おど》りました。人魚《にんぎょ》のお姫《ひめ》さまも、美《うつく》しい白《しろ》い腕《うで》をあげて、つま先《さき》で立《た》ちながら、床《ゆか》の上《うえ》をすべるように、軽々《かるがる》と踊《おど》りました。そんなにみごとに踊《おど》ったものは、だれもありません。踊《おど》って動《うご》くたびごとに、お姫《ひめ》さまの美《うつく》しさが、いよいよ加《くわ》わりました。その目《め》は心《こころ》の中《なか》の思《おも》いをあらわして、どれいたちの歌《うた》よりも、強《つよ》く強《つよ》く人《ひと》の心《こころ》を打《う》ちました。

人々《ひとびと》は、みんな、うっとりと見《み》とれていました。なかでも、王子《おうじ》のよろこびかたはたいへんなもので、「かわいいすて子《ご》さん」と呼《よ》びました。お姫《ひめ》さまは、足《あし》が床《ゆか》にさわるたびごとに、するどいナイフの上《うえ》をふむような思《おも》いをしました。それでも、じっとがまんして、踊《おど》りつづけました。

王子《おうじ》はお姫《ひめ》さまに、これからは、いつも自分《じぶん》のそばにいるように、と言《い》いました。そのうえ、お姫《ひめ》さまは、王子《おうじ》の部屋《へや》の前《まえ》にある、ビロードのふとんに寝《ね》てもいい、というおゆるしもいただきました。

王子《おうじ》は、お姫《ひめ》さまのために、男《おとこ》の着物《きもの》を作《つく》らせて、ウマに乗《の》っていくおともをさせました。ふたりは、かおりのよい森《もり》の中《なか》を通《とお》っていきました。みどりの枝《えだ》が肩《かた》にふれたり、小《ちい》さな鳥《とり》が若葉《わかば》のかげでさえずったりしていました。

お姫《ひめ》さまは、王子《おうじ》といっしょに高《たか》い山《やま》にものぼりました。か弱《よわ》い足《あし》からは、だれの目《め》にもわかるくらい、血《ち》がにじみ出《で》ましたが、それでも、お姫《ひめ》さまはただ笑《わら》って、どんどん王子《おうじ》のあとについていきました。とうとう、雲《くも》の上《うえ》まで出《で》ました。そこから見《み》ると、下《した》のほうを流《なが》れている雲《くも》は、遠《とお》くの国《くに》へ飛《と》んでいく、鳥《とり》のむれのように見《み》えました。

王子《おうじ》のお城《しろ》で、ほかの人《ひと》たちが夜《よる》になって寝《ね》てしまうと、お姫《ひめ》さまは、はばの広《ひろ》い大理石《だいりせき》の階段《かいだん》をおりて、燃《も》えるような足《あし》をつめたい海《うみ》の水《みず》の中《なか》にひたして、ひやしました。そんなときには、深《ふか》い海《うみ》の底《そこ》にいる、なつかしい人《ひと》たちのことが思《おも》い出《だ》されるのでした。

ある晩《ばん》のこと、おねえさまたちが、手《て》をつないで、海《うみ》の上《うえ》に出《で》てきました。みんなは、波《なみ》のまにまに浮《う》かびながら、ひどく悲《かな》しい歌《うた》をうたいました。お姫《ひめ》さまが、手《て》まねきすると、おねえさまたちのほうでも、それに気《き》がつきました。

「海《うみ》の底《そこ》ではね、あなたがいなくなってから、みんな、とっても悲《かな》しんでいるのよ」と、おねえさまたちは話《はな》しました。

それからというものは、おねえさまたちは、毎晩《まいばん》たずねてきてくれました。ある晩《ばん》などは、もう何年《なんねん》も海《うみ》の上《うえ》に出《で》てきたことのない、お年《とし》よりのおばあさまと、頭《あたま》にかんむりをかぶった、人魚《にんぎょ》の王《おう》さまの姿《すがた》までも、ずっと遠《とお》くのほうに見《み》えました。おばあさまもおとうさまも、お姫《ひめ》さまのほうへ手《て》をさしのばしました。けれども、おねえさまたちのように、陸《りく》の近《ちか》くまでこようとはしませんでした。

一日《いちにち》ごとに、王子《おうじ》は、お姫《ひめ》さまが好《す》きになりました。といっても、王子《おうじ》は、おとなしい、かわいい子供《こども》をかわいがるように、お姫《ひめ》さまをかわいがっていたのです。ですから、お妃《きさき》にしようなどとは、夢《ゆめ》にも思《おも》っていませんでした。ところが、お姫《ひめ》さまのほうでは、どうしても、王子《おうじ》のお妃《きさき》にならなければなりません。さもなければ、死《し》ぬことのない魂《たましい》を、手《て》に入《い》れることができないのです。いや、それどころか、王子《おうじ》が結婚《けっこん》したつぎの朝《あさ》には、海《うみ》の上《うえ》のあわとなってしまうのです。

王子《おうじ》が人魚《にんぎょ》のお姫《ひめ》さまを腕《うで》にだいて、美《うつく》しいひたいにキスをすると、お姫《ひめ》さまの目《め》は、

「あたしが、だれよりもかわいいとはお思《おも》いになりませんか？」と言《い》っているように思《おも》われました。

「うん、おまえがいちばん好《す》きだよ」と、王子《おうじ》は言《い》いました。「だって、おまえは、だれよりもやさしい心《こころ》を持《も》っていて、ぼくにま心《ごころ》をつくしてくれているんだもの。それに、おまえは、ある若《わか》い娘《むすめ》さんに似《に》ているんだよ。その娘《むすめ》さんには、いつか一度《いちど》会《あ》ったことがあるけれど、

きっともう、会《あ》うことはないだろう。

ぼくが船《ふね》に乗《の》って、海《うみ》に出《で》たときのことだよ。乗《の》っていた船《ふね》は、あらしにあって、沈《しず》んだけれど、ぼくは波《なみ》に打《う》ちあげられて、岸《きし》べについた。見《み》ると、その近《ちか》くには修道院《しゅうどういん》があって、若《わか》い娘《むすめ》さんが、何人《なんにん》もおつとめをしていた。その中《なか》のいちばん若《わか》い娘《むすめ》さんが、岸《きし》べに打《う》ちあげられているぼくを見《み》つけて、命《いのち》を助《たす》けてくれたんだよ。

そのとき、ぼくは、その娘《むすめ》さんの顔《かお》を、二度《にど》しか見《み》なかった。でも、ぼくがこの世《よ》の中《なか》で、いちばん好《す》きに思《おも》うのは、ただ、その娘《むすめ》さんだけなんだよ。

だけど、おまえを見《み》ていると、とても、その娘《むすめ》さんによく似《に》ている。だから、ぼくの心《こころ》の中《なか》にある、その娘《むすめ》さんの姿《すがた》も、押《お》しのけられてしまいそうなくらいだよ。でも、その娘《むすめ》さんは、あの修道院《しゅうどういん》に一生《いっしょう》いる人《ひと》だから、幸《こう》福《ふく》の神《かみ》さまが、かわりに、おまえをぼくによこしてくださったんだよ。これからは、どんなことがあっても、離《はな》れずにいよう」

「ああ、王子《おうじ》さまは、あたしが命《いのち》を助《たす》けてあげたことをごぞんじないんだわ」と、人魚《にんぎょ》のお姫《ひめ》さまは心《こころ》の中《なか》で思《おも》いました。「あたしが、海《うみ》の上《うえ》を、修道院《しゅうどういん》のある森《もり》のところまで連《つ》れていってあげたのに。それから、あたしは、海《うみ》のあわをかぶって、だれかこないかと見《み》ていたんだわ。そうしたら、きれいな娘《むすめ》さんがきたんだわ。その娘《むすめ》さんを、王子《おうじ》さまは、あたしよりも好《す》いていらっしゃる」

人魚《にんぎょ》のお姫《ひめ》さまは、深《ふか》いため息《いき》をつきました。けれども、泣《な》くことはできませんでした。

「そのむすめさんは、一生修道院《いっしょうしゅうどういん》につかえているんだと、王子《おうじ》さまはおっしゃったわ。そうすると、この世《よ》の中《なか》へは出《で》てこられないんだから、おふたりはもう会《あ》えないわけだわ。それにくらべれば、あたしは、こうしておそばにいて、毎日毎日《まいにちまいにち》、お顔《かお》を見《み》ている。あたしは、王《おう》子《じ》さまのお世話《せわ》をしてあげよう。心《こころ》から王子《おうじ》さまをおしたいしよう。そして、王子《おうじ》さまのためなら、この命《いのち》もよろこんでささげよう」

ところが、そのうちに、王子《おうじ》は結婚《けっこん》することになりました。おとなりの国《くに》の王《おう》さまの美《うつく》しい王女《おうじょ》を、お妃《きさき》にむかえるという、うわさがたちました。そのために、船《ふね》もたいそう美《うつく》しくかざりつけられました。王子《おうじ》は、となりの国《くに》を見《み》るために、旅《たび》に出《で》かけるのだと言《い》われましたが、ほんとうは、その国《くに》の王女《おうじょ》にお会《あ》いになるためだったのです。おともの人《ひと》たちも、大《おお》ぜいついていくことになりました。でも、人魚《にんぎょ》のお姫《ひめ》さまは、頭《あたま》をふって、ほほえみました。王子《おうじ》が心《こころ》の中《なか》に考《かんが》えていることは、だれよりもよく知《し》っていたからです。

「ぼくは、旅《たび》に出《で》なければならない」と、王子《おうじ》は、お姫《ひめ》さまに言《い》いました。「美《うつく》しい王女《おうじょ》に会《あ》ってこなければならないんだよ。おとうさまやおかあさまが、そうするようにとおっしゃるからね。しかし、その王女《おうじょ》を、どうでもお嫁《よめ》さんにして帰《かえ》ってくるように、とはおっしゃっていないよ。ぼくが、その王女《おうじょ》を好《す》きになんかなれるはずはない。だって、修道院《しゅうどういん》で見《み》た、あの美《うつく》しい娘《むすめ》さんに似《に》ているはずがないもの。あの娘《むすめ》さんに似《に》ているのは、おまえだけだよ。ぼくが、いつかお嫁《よめ》さんをえらばなければならないとしたら、いっそのこと、おまえをえらぶよ。ものをいう目《め》をした、口《くち》のきけないすて子《ご》の、かわいいおまえをね」

こう言《い》って、王子《おうじ》はお姫《ひめ》さまの赤《あか》い唇《くちびる》にキスをしました。そして、お姫《ひめ》さまの長《なが》い髪《かみ》の毛《け》をいじりながら、お姫《ひめ》さまの胸《むね》に頭《あたま》をおしあてました。お姫《ひめ》さまの心《こころ》は、人間《にんげん》のしあわせと、死《し》ぬことのない魂《たましい》とを、夢《ゆめ》に見《み》ているのでした。

「だけど、海《うみ》はこわくないだろうね、口《くち》のきけないすて子《ご》さん」

おとなりの国《くに》へ出《で》かける、りっぱな船《ふね》の上《うえ》に立《た》ったとき、王子《おうじ》はお姫《ひめ》さまに、こう言《い》いました。それから、王《おう》子《じ》は、あらしのこと、海《うみ》の静《しず》かなときのこと、深《ふか》いところにいるふしぎなさかなのこと、それから潜水夫《せんすいふ》が海《うみ》の中《なか》で見《み》る、めずらしいもののことなどを、いろいろと話《はな》してやりました。お姫《ひめ》さまはほほえみながら、王子《おうじ》の話《はなし》を聞《き》いていました。だって、海《うみ》の底《そこ》のことなら、お姫《ひめ》さまはだれよりもよく知《し》っていたのですから。

お月《つき》さまの明《あか》るい晩《ばん》、かじとりだけが、かじのところに立《た》っていました。ほかの人《ひと》たちは、みんな、寝《ね》しずまっていました。そのとき、お姫《ひめ》さまは船《ふな》べりにすわって、すみきった水《みず》の中《なか》をじっと見《み》つめていました。すると、おとうさまのお城《しろ》が見《み》えたような気《き》がしました。お城《しろ》のいちばん高《たか》いところには、なつかしいおばあさまが頭《あたま》に銀《ぎん》のかんむりをかぶって、立《た》っていました。おばあさまは、速《はや》い水《みず》の流《なが》れをとおして、船《ふね》のほうをじっと見《み》あげていました。

そのとき、おねえさまたちが、海《うみ》の面《おもて》に浮《うか》びあがってきて、お姫《ひめ》さまを悲《かな》しそうに見《み》つめながら、もうだめだというように、白《しろ》い手《て》をもみあわせました。

お姫《ひめ》さまは、おねえさまたちのほうへうなずいて、ほほえみながら、なにもかもがうまくいっていることを話《はな》そうとしました。ところがそこへ、船《ふね》のボーイが近《ちか》づいてきましたので、おねえさまたちは、水《みず》の中《なか》へもぐってしまいました。ですから、ボーイは、今《いま》なにか白《しろ》いものを見《み》たような気《き》がしましたが、それはきっと、海《うみ》のあわだったろうと思《おも》いました。

あくる朝《あさ》、船《ふね》はおとなりの国《くに》の、美《うつく》しい都《みやこ》にある港《みなと》にはいりました。教会《きょうかい》という教会《きょうかい》の鐘《かね》が鳴《な》りわたり、高《たか》い塔《とう》からは、ラッパが吹《ふ》き鳴《な》らされました。兵士《へいし》たちは、ひるがえる旗《はた》を持《も》ち、きらめく銃剣《じゅうけん》を持《も》って、立《た》ちならびました。

毎日毎日《まいにちまいにち》、宴会《えんかい》がもよおされ、舞踏会《ぶとうかい》だの、いろいろの会《かい》が、つぎからつぎへと開《ひら》かれました。それなのに、この国《くに》の王女《おうじょ》は、まだ一度《いちど》も姿《すがた》を見《み》せたことがありません。なんでも、ずっと遠《とお》くの、ある修道院《しゅうどういん》で教育《きょういく》をうけて、王女《おうじょ》にふさわしい、いろいろの勉強《べんきょう》をしているということでした。とうとう、その王女《おうじょ》が帰《かえ》ってきました。

人魚《にんぎょ》のお姫《ひめ》さまは、その王女《おうじょ》が、どんなに美《うつく》しいかたか、早《はや》く見《み》たいと思《おも》っていたのですが、見《み》れば、なるほど、こんなに美《うつく》しい姿《すがた》の人《ひと》は、いままでに見《み》たことがない、というよりほかはありませんでした。はだは、きめがこまやかで、すきとおるような美《うつく》しさでした。長《なが》い黒《くろ》いまつげの奥《おく》には、ま心《ごころ》のこもった青《あお》い目《め》が、にこやかにほほえんでいました。

「ああ、あなただ！　ぼくが死《し》んだようになって、海《うみ》べにたおれていたとき、ぼくの命《いのち》を助《たす》けてくださったのは！」と、王子《おうじ》はさけんで、はずかしそうに、顔《かお》を赤《あか》くしている王女《おうじょ》を腕《うで》にだきしめました。

それから、今度《こんど》は、人魚《にんぎょ》のお姫《ひめ》さまにむかって、言《い》いました。

「ああ、ぼくは、なんてしあわせなんだろう！　どんなに願《ねが》っても、とてもかなえられないと思《おも》っていた夢《ゆめ》が、かなえられたんだよ。おまえも、ぼくのしあわせをよろこんでくれるだろう。だれよりもいちばん、ぼくのことを思《おも》っていてくれたおまえだものね」

人魚《にんぎょ》のお姫《ひめ》さまは、王子《おうじ》の手《て》にキスをしました。けれども、胸《むね》は今《いま》にもはりさけそうでした。むりもありません。王子《おうじ》が結婚《けっこん》すれば、そのあくる朝《あさ》、お姫《ひめ》さまは死《し》んで、海《うみ》の上《うえ》のあわとなってしまうのです。

　教会《きょうかい》という教会《きょうかい》の鐘《かね》が、鳴《な》りわたりました。お使《つか》いのものが、ウマに乗《の》って町《まち》の中《なか》をかけめぐり、ご婚約《こんやく》のことを知《し》らせました。どこの祭壇《さいだん》でも、りっぱな銀《ぎん》のランプに、よいかおりのする油《あぶら》が燃《も》やされました。牧師《ぼくし》さんたちが香炉《こうろ》をふりました。花嫁《はなよめ》と花婿《はなむこ》はたがいに手《て》をとりあって、僧正《そうじょう》さまの祝福《しゅくふく》をうけました。

　人魚《にんぎょ》のお姫《ひめ》さまは、絹《きぬ》と金《きん》とで着《き》かざって、花嫁《はなよめ》の長《なが》いすそをささげていました。けれども、お祝《いわ》いの音楽《おんがく》も、耳《みみ》にはいりません。おごそかな儀式《ぎしき》も、目《め》にはうつりません。ただ、死《し》んでからの、暗《くら》い暗《くら》いやみのことばかりを思《おも》っていました。この世《よ》でなくしてしまった、すべてのことを思《おも》っているのでした。

その日《ひ》の夕方《ゆうがた》、花嫁《はなよめ》と花婿《はなむこ》は船《ふね》に乗《の》りこみました。大砲《たいほう》がとどろきわたり、たくさんの旗《はた》が、風《かぜ》にひるがえりました。船《ふね》のまんなかには、金《きん》とむらさきの、りっぱなテントがはられて、このうえもなく美《うつく》しいふとんがしかれました。ここで、ふたりが、静《しず》かな、すずしい一夜《いちや》をすごすことになっていたのです。

帆《ほ》は風《かぜ》をうけて、いっぱいにふくらんでいました。船《ふね》は、すみきった海《うみ》の上《うえ》を、たいしてゆれもせずに、軽々《かるがる》とすべっていきました。

あたりが暗《くら》くなると、色《いろ》とりどりのランプに火《ひ》がともされ、水夫《すいふ》たちは甲板《かんぱん》に出《で》て、楽《たの》しそうに踊《おど》りはじめました。人魚《にんぎょ》のお姫《ひめ》さまは、はじめて海《うみ》の上《うえ》に浮《うか》びあがった晩《ばん》のことを思《おも》い出《だ》さずにはいられませんでした。あの晩《ばん》も、いま目《め》の前《まえ》に見《み》ているのと同《おな》じように、にぎやかによろこびさわいでいるありさまが、目《め》にうつったのでした。お姫《ひめ》さまも、みんなの仲間《なかま》にはいって、くるくる踊《おど》りまわりました。そのありさまは、なにかに追《お》いかけられて、身《み》をひるがえしながら、軽々《かるがる》と飛《と》んでいくツバメのようでした。見《み》ている人々《ひとびと》は、みんな、手《て》をたたいてほめそやしました。お姫さまが、こんなにみごとに踊《おど》ったことは、今《いま》までにもありません。か弱《よわ》い足《あし》は、するどいナイフでつきさされるようでしたが、いまはそれを感《かん》じないほどに、心《こころ》のきずは、もっともっと痛《いた》んでいるのでした。

お姫《ひめ》さまには、よくわかっているのです。今夜《こんや》かぎりで、王子《おうじ》の顔《かお》も見《み》られません。この王子《おうじ》のために、お姫《ひめ》さまは家族《かぞく》をすて、家《いえ》をすてたのです。美《うつく》しい声《こえ》もあきらめたのです。くる日《ひ》もくる日《ひ》も、かぎりない苦《くる》しみをがまんしてきたのです。それなのに、王子《おうじ》のほうでは、そんなことは夢《ゆめ》にも知《し》らないのです。王子《おうじ》とおなじ空気《くうき》をすうのも、深《ふか》い海《うみ》をながめるのも、星《ほし》のきらめく夜空《よぞら》をあおぐのも、今夜《こんや》かぎりとなりました。考《かんが》えることのない、夢見《ゆめみ》ることのない、はてしなくつづくやみの夜《よる》だけが、お姫《ひめ》さまを待《ま》っているのでした。思《おも》えば、お姫《ひめ》さまには魂《たましい》がありません。得《え》ようとしても、いまとなっては、手《て》に入《い》れることのできないお姫《ひめ》さまなのです。

船《ふね》の上《うえ》は、にぎやかなよろこびにみちあふれていました。もう、ま夜中《よなか》をすぎています。それでも、お姫《ひめ》さまは、ほほえみを浮《うか》べながら、踊《おど》りつづけるのでした。心《こころ》の中《なか》では、ただ死《し》ぬことだけを思《おも》いながら。王子《おうじ》は美《うつく》しい花嫁《はなよめ》にキスをしました。花嫁《はなよめ》は、王子《おうじ》の黒《くろ》い髪《かみ》の毛《け》をなでました。そして、花嫁《はなよめ》と花婿《はなむこ》は手《て》に手《て》をとって、りっぱなテントの中《なか》にはいって、やすみました。

やがて、船《ふね》の中《なか》は、ひっそりと静《しず》かになりました。いまは、かじとりだけが、かじのところに立《た》っているばかりです。人魚《にんぎょ》のお姫《ひめ》さまは、白《しろ》い腕《うで》を船《ふな》べりにかけながら、東《ひがし》の空《そら》に目《め》をむけて、朝《あさ》やけをながめていました。お日《ひ》さまの光《ひかり》がさしてくれば、その最初《さいしょ》の光《ひかり》で、お姫《ひめ》さまは死《し》ぬのです。それは、お姫《ひめ》さまにはわかっていました。

と、そのとき、おねえさまたちが、またもや、海《うみ》の面《おもて》へ浮《うか》びあがってくるのが見《み》えました。おねえさまたちも、お姫《ひめ》さまと同《おな》じように青《あお》ざめていました。見《み》れば、長《なが》い美《うつく》しい髪《かみ》の毛《け》が、いつものように風《かぜ》になびいてはおりません。ぶっつりと、根《ね》もとから、たち切《き》られているではありませんか。

「あたしたち、魔法使《まほうつか》いに、髪《かみ》の毛《け》をやってしまったのよ。あなたが、今夜《こんや》、死《し》なないですむように、魔法使《まほうつか》いの助《たす》けをかりに行《い》ったの。そしたら、ナイフをくれたわ。ほら、これよ。ねえ、よく切《き》れそうでしょう。お日《ひ》さまがのぼらないうちに、あなたは、これで、王子《おうじ》の心《しん》臓《ぞう》をつきささなくてはいけないのよ。王子《おうじ》のあたたかい血《ち》が、あなたの足《あし》にかかると、足《あし》がちぢこまって、また、また、さかなのしっぽが生《は》えるのよ。だから、また、もとの人魚《にんぎょ》になれるわけ。そうして、水《みず》の中《なか》へはいって、あたしたちのところへもどってくれば、死《し》んで、塩《しお》からい海《うみ》のあわになるまで、三百年《さんびゃくねん》も生《い》きていられるのよ。

さあ、早《はや》く！　お日《ひ》さまののぼらないうちに、王子《おうじ》かあなたか、どちらかひとりが死《し》ななければならないのよ。おばあさまは、あんまり心配《しんぱい》なさったものだから、白《しろ》い髪《かみ》が、すっかりぬけ落《お》ちてしまったわ。あたしたちの髪《かみ》の毛《け》が、魔法使《まほうつか》いのはさみで切《き》られてしまったのと、そっくりよ。

王子《おうじ》を殺《ころ》して、帰《かえ》ってきなさいね！　さあ、いそぐのよ！　空《そら》が、うっすらと赤《あか》くなってきたじゃないの。もうすぐ、お日《ひ》さまがのぼるわ。そしたら、あなたは死《し》ななければならないのよ」

こう言《い》うと、おねえさまたちは、それはそれは悲《かな》しそうに、深《ふか》いため息《いき》をついて、波間《なみま》に沈《しず》みました。

人魚《にんぎょ》のお姫《ひめ》さまは、テントのむらさき色《いろ》のたれまくを引《ひ》きあけました。中《なか》では、美《うつく》しい花嫁《はなよめ》が、王子《おうじ》の胸《むね》に頭《あたま》をもたせて眠《ねむ》っています。お姫《ひめ》さまは身《み》をかがめて、王《おう》子《じ》の美《うつく》しいひたいにキスをしました。空《そら》を見《み》れば、夜《よ》あけの空《そら》が赤《あか》くそまって、だんだん明《あか》るくなってきました。

お姫《ひめ》さまは、するどいナイフをじっと見《み》つめました。それから、また目《め》を王子《おうじ》にむけました。王子《おうじ》は夢《ゆめ》のなかで、花嫁《はなよめ》の名前《なまえ》を呼《よ》びました。ほかのことは、すっかり忘《わす》れて、王子《おうじ》の心《こころ》は、ただただ花嫁《はなよめ》のことでいっぱいだったのです。人魚《にんぎょ》のお姫《ひめ》さまの手《て》の中《なか》で、ナイフがふるえました。——

しかし、その瞬間《しゅんかん》、お姫《ひめ》さまは、それを遠《とお》くの波間《なみま》に投《な》げすてました。すると、ナイフの落《お》ちたところが、まっかに光《ひか》って、まるで血《ち》のしたたりが、水《みず》の中《なか》からふき出《で》たように見《み》えました。お姫《ひめ》さまは、なかばかすんできた目《め》を開《ひら》いて、もう一度《いちど》王子《おうじ》を見《み》つめました。と、船《ふね》から身《み》をおどらせて、海《うみ》の中《なか》へ飛《と》びこみました。自分《じぶん》のからだがとけて、あわになっていくのがわかりました。

そのとき、お日《ひ》さまが海《うみ》からのぼりました。やわらかい光《ひかり》が、死《し》んだようにつめたい海《うみ》のあわの上《うえ》を、あたたかく照《て》らしました。人魚《にんぎょ》のお姫《ひめ》さまは、すこしも死《し》んだような気《き》がしませんでした。

明《あか》るいお日《ひ》さまをあおぎ見《み》ました。すると、中空《なかぞら》に、すきとおった美《うつく》しいものが、何百《なんびゃく》となく、ただよっていました。それをすかして、むこうのほうに、船《ふね》の白《しろ》い帆《ほ》と、空《そら》の赤《あか》い雲《くも》が見《み》えました。そのすきとおったものの話《はな》す声《こえ》は、美《うつく》しい音楽《おんがく》のようでした。といっても、人間《にんげん》の耳《みみ》には聞《きこ》えない、まことにふしぎな魂《たましい》の世界《せかい》のものでした。その姿《すがた》も、人間《にんげん》の目《め》では見《み》ることができないものでした。つばさがなくても、からだが軽《かる》いために、空中《くうちゅう》にただよっているのでした。

人魚《にんぎょ》のお姫《ひめ》さまは、そのものたちと同《おな》じように、自分《じぶん》のからだも軽《かる》くなって、あわの中《なか》からぬけ出《で》て、だんだん上《うえ》へ上《うえ》へとのぼっていくのを感《かん》じました。

「どなたのところへ行《ゆ》くのでしょうか？」と、お姫《ひめ》さまはたずねました。

その声《こえ》は、あたりにただよっている、ほかのものたちと同《おな》じように、美《うつく》しく、とうとく、ふしぎにひびきました。

それは、とてもこの世《よ》の音楽《おんがく》などでは、まねすることもできません。

「空気《くうき》の娘《むすめ》たちのところへ!」と、みんなが答《こた》えました。

「人魚《にんぎょ》の娘《むすめ》には、死《し》ぬことのない魂《たましい》というものがありませんね。人間《にんげん》に心《こころ》から愛《あい》されなければ、どんなにしても、それを持《も》つことができません。人魚《にんぎょ》がいつまでも生《い》きていられる命《いのち》を得《え》るためには、ほかのものの力《ちから》にたよらなければならないのです。空気《くうき》の娘《むすめ》たちにも、やっぱり、死《し》ぬことのない魂《たましい》はありません。けれども、よい行《おこな》いをすれば、やがてはそれをさずかることができるのです。あたしたちは、暑《あつ》い国《くに》へ飛《と》んでいきます。そこでは、空気《くうき》がむし暑《あつ》くて、毒《どく》を持《も》っていますから、そのために人間《にんげん》は死《し》んでしまいます。ですから、そこで、あたしたちはすずしい風《かぜ》を送《おく》ってあげるのです。それから、空《そら》に花《はな》のかおりをふりまいて、だれもが、さっぱりした気分《きぶん》になるように、みんなが元気《げんき》になるようにしてあげるのです。こうして、三百年《さんびゃくねん》のあいだ、あたしたちにできるだけの、よい行《おこな》いをするようにつとめれば、死《し》ぬことのない魂《たましい》をさずかって、かぎりない人間《にんげん》のしあわせをもらうことができるのです。

まあ、お気《き》の毒《どく》な人魚《にんぎょ》のお姫《ひめ》さま。あなたも、あたしたちと同《おな》じように、ま心《ごころ》をつくして、つとめていらっしゃいましたのね。ずいぶんと苦《くる》しみにお会《あ》いになったでしょうが、よくがまんしていらっしゃいました。こうして、いまは、空気《くうき》の精《せい》の世界《せかい》へのぼっていらっしゃったのですよ。さあ、あと三百年《さんびゃくねん》、よい行《おこな》いをなされば、死《し》ぬことのない魂《たましい》が、あなたにもさずかりますのよ」

人魚《にんぎょ》のお姫《ひめ》さまは、すきとおった両腕《りょううで》を、神《かみ》さまのお日《ひ》さまのほうへ高《たか》くさしのべました。そのとき、生《う》まれてはじめて、涙《なみだ》が頰《ほお》をつたわるのをおぼえました。——

船《ふね》の中《なか》が、また、がやがやとさわがしくなりました。見《み》れば、王子《おうじ》が美《うつく》しい花嫁《はなよめ》といっしょに、お姫《ひめ》さまをさがしています。お姫《ひめ》さまが、波《なみ》の中《なか》に身《み》を投《な》げたのを、ふたりは、まるで知《し》ってでもいるように、あわだつ波間《なみま》を悲《かな》しそうに見《み》つめていました。

人《ひと》の目《め》には見《み》えないけれども、人魚《にんぎょ》のお姫《ひめ》さまは、花嫁《はなよめ》のひたいにそっとキスをして、王子《おうじ》にはほほえみかけました。それから、ほかの空気《くうき》の娘《むすめ》たちといっしょに、空《そら》にただよう美《うつく》しいバラ色《いろ》の雲《くも》のほうへとのぼっていきました。

「そうすると、三百年《さんびゃくねん》たったら、あたしたちも、神《かみ》さまのお国《くに》へ浮《うか》んでいけますのね」

「でも、もっと早《はや》く行《い》けるかもしれませんよ」と、空《くう》気《き》の娘《むすめ》のひとりが、ささやきました。「あたしたちは、人《ひと》に見《み》られないで、子供《こども》のいる人間《にんげん》の家《いえ》にはいっていくのです。そうして、おとうさんやおかあさんをよろこばせて、おとうさんやおかあさんにかわいがられているよい子供《こども》を、毎日見《まいにちみ》つけるのです。そうすると、神《かみ》さまがそれをごらんになっていて、あたしたちをおためしになる時《とき》を短《みじか》くしてくださるのです。

その子《こ》には、あたしたちが、いつお部屋《へや》の中《なか》を飛《と》んでいるのかわかりません。でも、そういう子供《こども》を見《み》つけると、あたしたちはうれしくなって、つい、にっこりと笑《わら》いかけてしまいます。そうすると、すぐに三百年《さんびゃくねん》のうちから一年《いちねん》へらしてもらえるのです。けれども、その反対《はんたい》に、おぎょうぎのわるい、よくない子《こ》どもを見《み》ると、悲《かな》しくなって、思《おも》わず泣《な》いてしまいます。そうすると、今《こん》度《ど》は、涙《なみだ》をこぼすたびごとに、神《かみ》さまのおためしになる時《とき》が、一日《いちにち》ずつのびていくのです」――

【凡例】

・本編「人魚の姫」は、青空文庫作成の文字データを使用した。
底本：「人魚の姫　アンデルセン童話集Ⅰ」　新潮文庫、　新潮社
　　１９６７（昭和42）年12月10日発行
　　１９８９（平成元）年11月15日34刷改版
　　２０１１（平成23）年９月５日48刷
※表題は底本では、「人魚の姫《ひめ》」となっている。
入力：チエコ
校正：木下聡
２０１９年３月29日作成

・文字遣いは、青空文庫のデータによる。
・この作品には、今日からみれば不適切と思われる表現が含まれているが、作品の描かれた時代と、作品本来の価値に鑑み、底本のままとした。
・ルビは、青空文庫のものに加えて、新字新仮名のルビを付し、総ルビとした。
・追加したルビには文字遣いの他、読み方など格段の基準は設けていない。

眠《ねむ》りの精《せい》

世界《せかい》じゅうで、眠《ねむ》りの精《せい》のオーレ・ルゲイエぐらい、お話《はなし》をたくさん知《し》っている人《ひと》はありません！――オーレ・ルゲイエは、ほんとうに、いくらでもお話《はなし》ができるのですからね。

夜《よる》になって、子供《こども》たちがまだお行儀《ぎょうぎ》よくテーブルにむかっていたり、低《ひく》い椅子《いす》に腰《こし》かけたりしているころ、オーレ・ルゲイエがやってきます。オーレ・ルゲイエは、静《しず》かに静《しず》かに階段《かいだん》を上《あが》ってきます。なぜって、靴下《くつした》しかはいていないのですからね。オーレ・ルゲイエは、そっとドアをあけて、子供《こども》たちの目《め》の中《なか》に、シュッと、あまいミルクをつぎこみます。でも、ほんの、ほんのちょっぴりですよ。けれど、それだけでも、子供《こども》たちは、もう目《め》をあけてはいられなくなるのです。ですから、子供《こども》たちには、オーレ・ルゲイエの姿《すがた》が見《み》えません。

オーレ・ルゲイエは、子供《こども》たちのうしろにしのびよって、首《くび》のところをそっと吹《ふ》きます。すると、子供《こども》たちの頭《あたま》が、だんだん重《おも》くなってきます。ほんとですよ。でも、べつに害《がい》をくわえたわけではありません。だって、オーレ・ルゲイエは、子供《こども》たちが大好《だいす》きなんですから。ただ、子供《こども》たちに静《しず》かにしていてもらいたい、と思《おも》っているだけなのです。それには、子供《こども》たちを寝床《ねどこ》へ連《つ》れていくのがいちばんいいのです。オーレ・ルゲイエは、これからお話《はなし》を聞《き》かせようと思《おも》っているので、子供《こども》たちに静《しず》かにしていてもらいたいのです。――

さて、子供《こども》たちが眠《ねむ》ってしまうと、オーレ・ルゲイエは寝床《ねどこ》の上《うえ》にすわります。見《み》れば、たいへんりっぱな身《み》なりをしています。上着《うわぎ》は絹《きぬ》でできています。でも、それがどんな色《いろ》かは、お話《はな》しすることができません。というのも、オーレ・ルゲイエがからだを動《うご》かすと、それにつれて、緑《みどり》にも、赤《あか》にも、青《あお》にも、キラキラ光《ひか》るのですから。両腕《りょううで》には、こうもりがさを一本《いっぽん》ずつ、かかえています。一本《いっぽん》のかさには、絵《え》がかいてあります。それをよい子供《こども》たちの上《うえ》にひろげると、その子供《こども》たちは、一晩《ひとばん》じゅう、それはそれは楽《たの》しいお話《はなし》を夢《ゆめ》に見《み》るのです。もう一本《いっぽん》のかさには、なんにもかいてありません。これをお行儀《ぎょうぎ》のわるい子供《こども》たちの上《うえ》にひろげると、その子《こ》たちは、ばかみたいに眠《ねむ》りこんでしまって、あくる朝目《あさめ》がさめても、なんにも夢《ゆめ》を見《み》ていないのです。

ではこれから、オーレ・ルゲイエがヤルマールという小《ちい》さな男《おとこ》の子《こ》のところへ、一週間《いっしゅうかん》じゅう毎晩《まいばん》、出《で》かけていって、どんなお話《はなし》をして聞《き》かせたか、わたしたちもそ

れを聞《き》くことにしましょう。お話《はなし》はみんなで七《なな》つありま
す。一週間《いっしゅうかん》は、七日《なのか》ですからね。

月曜日《げつようび》

「さあ、お聞《き》き」オーレ・ルゲイエは、晩《ばん》になると、ヤルマールを寝床《ねどこ》へ連《つ》れていって、こう言《い》いました。「今夜《こんや》は、きれいにかざろうね」

そうすると、植木《うえき》ばちの中《なか》の、花《はな》という花《はな》が、みんな大《おお》きな木《き》になりました。そして、長《なが》い枝《えだ》を、天井《てんじょう》の下《した》や、かべの上《うえ》にのばしました。ですから、部屋全体《へやぜんたい》が、たと

えようもないほど美《うつく》しい、あずまやのようになりました。どの枝《えだ》にもどの枝《えだ》にも、花《はな》がいっぱい咲《さ》いています。しかも、その花《はな》の一《ひと》つ一《ひと》つが、バラの花《はな》よりもきれいで、たいそうよいにおいをはなっているのです。おまけに、それを食《た》べれば、ジャムよりも甘《あま》いのです。実《み》は、金《きん》のようにキラキラ光《ひか》っています。それはかりか、ほしブドウではちきれそうな菓子《かし》パンまでも、ぶらさがっているのです。ほんとうに、なんてすばらしいのでしょう！

ところがそのとき、ヤルマールの教科書《きょうかしょ》のはいっている机《つくえ》の引出《ひきだ》しの中《なか》で、なにかがはげしく泣《な》きだしました。

「おや、なんだろう？」と、オーレ・ルゲイエは言《い》いながら、机《つくえ》のところへ行《い》って、引出《ひきだ》しをあけてみました。するとﾞ、石盤《せきばん》の上《うえ》で、なにやらさかんに、押《お》し合《あ》いへし合《あ》いしているではありませんか。それは、こういうわけです。算数《さんすう》の計算《けいさん》のときにまちがった数《かず》が、いつのまにか、そこへはいりこんできたため、それを押《お》し出《だ》そうとして、数《かず》たちが、今《いま》にも散《ち》らばろうとしているところだったのです。石筆《せきひつ》が、ひもにゆわえられたまま、まるで小《こ》イヌのように、とんだりはねたりしていました。石筆《せきひつ》は、なんとかして計算《けいさん》を助《たす》けようとしていたのですが、ちっともうまくいきません。——

と、今度《こんど》は、ヤルマールの習字帳《しゅうじちょう》の中《なか》から、とても聞《き》いてはいられないほど、泣《な》きわめく声《こえ》が聞《き》こえてきました。そこで習字帳《しゅうじちょう》をあけてみると、どのページにも、全部《ぜんぶ》の大文字《おおもじ》が、縦《たて》に一列《いちれつ》にならんでいました。その大文字《おおもじ》のとなりには、小文字《こもじ》が一《ひと》つずつ、ならんでいました。これはお手本《てほん》の字《じ》です。けれども、またそのそばに、二《ふた》つ三《みっ》つ字《じ》が書《か》いてありました。これらの字《じ》は、自分《じぶん》では、お手本《てほん》の字《じ》に似《に》ているつもりでいました。なにしろ、ヤルマールがお手本《てほん》の字《じ》を見《み》て書《か》いたものだったのですから。ところが、これらの字《じ》は、鉛筆《えんぴつ》で引《ひ》いた線《せん》の上《うえ》に立《た》っていなければいけないのに、ころんだように、横《よこ》だおれになっていました。

「ほら、いいかい。こんなふうに、からだを起《おこ》すんだよ」と、お手本《てほん》の字《じ》が言《い》いました。「ほうらら。こんなふうに、いくぶんななめにして、それから、ぐうんとはねるんだぜ」

「ぼくたちだって、そうしたいんだよ」と、ヤルマールの書《か》いた字《じ》が言《い》いました。「だけど、できないのさ。ぼくたち、気分《きぶん》がわるいんだもの」

「じゃ、おまえたちは、げざいを飲《の》まなきゃいけないね」と、オーレ・ルゲイエが言《い》いました。

「いやだよ、いやだよ！」と、みんなはさけぶといっしょに、さっと起《お》き上《あ》がりました。そのありさまは、見《み》ていてかおしいほどでした。

「今夜《こんや》は、お話《はなし》はしてあげられないよ」と、オーレ・ルゲイエは言《い》いました。「これから、訓練《くんれん》をしなければならないんだよ！　一《いち》、二《に》！　一《いち》、二《に》！」それから、みんなは訓練《くんれん》をうけました。そうすると、お手本《てほん》の字《じ》のように、元気《げんき》よく、まっすぐに立《た》ちました。けれども、オーレ・ルゲイエが行《い》ってしまって、つぎの朝《あさ》、ヤルマールが目《め》をさましたときには、みんなは、やっぱりきのうと同《おな》じように、なさけないかっこうをしていました。

火曜日《かようび》

ヤルマールが寝床《ねどこ》にはいったとたん、オーレ・ルゲイエは、小《ちい》さな魔法《まほう》の注射器《ちゅうしゃき》で、部屋《へや》の中《なか》の、ありとあらゆる家具《かぐ》にさわりはじめました。すると、さわられた家《か》具《ぐ》は、つぎつぎとしゃべりだしました。しかも、みんながみんな、自分《じぶん》のことばかりしゃべりたてました。なかにただひとり、痰壺《たんつぼ》だけは、だまりこくって立《た》っていました。けれども、心《こころ》の中《なか》では、みんながあんまりうぬぼれが強《つよ》く、自分《じぶん》のことばかりを考《かんが》え、自分《じぶん》のことばかりをじまんしていて、おとなしくすみっこに立《た》って、つばをはきかけられているもののことなどは、ちっとも考《かんが》えてくれないのを、ふんがいしていました。

たんすの上《うえ》には、一枚《いちまい》の大《おお》きな絵《え》が、金《きん》ぶちの額《がく》に入《い》れられてかかっていました。その絵《え》は風景画《ふうけいが》でした。大《おお》きな年《とし》とった木々《きぎ》や、草原《そうげん》に咲《さ》いている花《はな》や、大《おお》きな湖《みずうみ》が、かいてありました。湖《みずうみ》からは、ひとすじの川《かわ》が流《なが》れでて、森《もり》のうしろをめぐり、たくさんのお城《しろ》のそばを通《とお》って、遠《とお》くの大海《たいかい》にそそいでいました。

オーレ・ルゲイエは、魔法《まほう》の注射器《ちゅうしゃき》でその絵《え》にさわりました。と、たちまち、絵《え》の中《なか》の鳥《とり》は、歌《うた》をうたいはじめ、木々《きぎ》の枝《えだ》は風《かぜ》にそよぎ、雲《くも》は空《そら》を流《なが》れてゆきました。そして、雲《くも》の影《かげ》が、野原《のはら》の上《うえ》にうつってゆくのさえ、見《み》えました。

さて、オーレ・ルゲイエは、小《ちい》さなヤルマールを、額《がく》ぶちのところまで持《も》ちあげてやりました。そこで、ヤルマールは、絵《え》の中《なか》の深《ふか》い草《くさ》の中《なか》に足《あし》をふみいれて、そこに立《た》ちました。お日《ひ》さまが、木々《きぎ》の枝《えだ》のあいだからヤルマールの頭《あたま》の上《うえ》にさしてきました。ヤルマールは湖《みずうみ》のほうへかけていって、ちょうどそこにあった、小《ちい》さなボートに乗《の》りました。ボートは、赤《あか》と白《しろ》とにぬってありました。帆《ほ》は、銀《ぎん》のように、キラキラ光《ひか》っていました。ボートは、六羽《ろくわ》のハクチョウに引《ひ》かれていきました。ハクチョウたちは、みんな首《くび》のところに黄金《おうごん》の輪《わ》をつけ、頭《あたま》にはきらめく青《あお》い星《ほし》をいただいていました。ボートが緑《みどり》の森《もり》のそばを通《とお》ると、森《もり》の木々《きぎ》は、盗賊《とうぞく》や魔女《まじょ》の話《はなし》をしてくれました。森《もり》の花《はな》は、かわいらしい、小《ちい》さな妖精《ようせい》のことや、チョウから聞《き》いた話《はなし》をしてくれました。

見《み》るも美《うつく》しいさかながが、金《きん》や銀《ぎん》のうろこをきらめかせながら、ボートのうしろからおよいできました。ときどき、水《みず》の上《うえ》にはね上《あ》がっては、ピチャッ、ピチャッと、音《おと》をたてました。赤《あか》い鳥《とり》や青《あお》い鳥《とり》が、大《おお》きいのも小《ちい》さいのも、長《なが》く二列《にれつ》にならんで、ボートのあとから飛《と》んできました。ブヨはダンスをし、コガネムシはぶんぶん歌《うた》をうたいました。そして、みんなが、みんな、ヤルマールのあとについてこようとしました。しかも、みんな、めいめい一《ひと》つずつのお話《はなし》を持《も》ってです！

なんというすばらしい船《ふな》あそびではありませんか！

やがて、森《もり》が深《ふか》くなって、うす暗《ぐら》くなりました。と、思《おも》うまもなく、すぐまた、お日《ひ》さまのキラキラ照《て》っている、世《よ》にも美《うつく》しい花園《はなぞの》に出《で》ました。花園《はなぞの》には、ガラスと大理石《だいりせき》でできた、大《おお》きな御殿《ごてん》が、いくつも立《た》っていました。そして、御殿《ごてん》の露台《バルコニー》には、お姫《ひめ》さまたちが立《た》っていました。しかし、どのお姫《ひめ》さまも、ヤルマールが前《まえ》にあそんだことのある、よく知《し》っている、小《ちい》さな女《おんな》の子《こ》たちばかりでした。みんなは、手《て》をさし出《だ》しました。見《み》れば、菓子屋《かしや》のおばさんのところでもめったに売《う》っていないような、すてきにおいしい、小《こ》ブタのさとう菓子《がし》を持《も》っていました。ヤルマールは通《とお》りすぎるときに、その小《こ》ブタのさとう菓子《がし》のはしをつかみました。けれども、お姫《ひめ》さまがそれをしっかりとにぎっていたので、さとう菓子《がし》は二《ふた》つに割《わ》れてしまいました。そして、お姫《ひめ》さまの手《て》には小《ちい》さいほうが残《のこ》り、ヤルマールの手《て》には大《おお》きいほうが残《のこ》りました。どの御殿《ごてん》の前《まえ》にも、小《ちい》さな王子《おうじ》が番兵《ばんぺい》に立《た》っていました。みんな、金《きん》のサーベルで敬礼《けいれい》しながら、ほしブドウと、すずの兵隊《へいたい》さんを、雨《あめ》のように降《ふ》らせてくれました。だからこそ、ほんとの王子《おうじ》というものです！

まもなく、ヤルマールのボートは森《もり》の中《なか》をぬけました。それから大《おお》きな広間《ひろま》のようなところを通《とお》ったり、町《まち》の中《なか》を通《とお》りすぎたりしました。そのうちに、ヤルマールがごく小《ちい》さかったころ、おもりをして、たいそうかわいがってくれた、子《こ》もり娘《むすめ》の住《す》んでいる町《まち》へ、やってきました。娘《むすめ》はうなずいて手《て》をふりながら、かわいらしい歌《うた》をうたいました。その歌《うた》は、まえに自分《じぶん》で作《つく》って、ヤルマールに送《おく》ってくれたものでした。

いとしいわたしのヤルマール、
思《おも》うはあなたのことばかり！
かわいい唇《くちびる》、赤《あか》い頬《ほお》、
キスしたことも、忘《わす》られぬ。
あなたのさいしょのかたことを
耳《みみ》にしたのは、このわたし。
だのに、いまは会《あ》えないの。
わたしの天使《てんし》のしあわせを
ひとりわたしは祈《いの》りましょう！

すると、鳥《とり》も、みんないっしょにうたいだしました。

花《はな》はくきの上《うえ》でダンスをし、年《とし》とった木々《きぎ》はうなずきました。まるで、オーレ・ルゲイエのお話《はなし》を、みんなが聞《き》いているようでした。

水曜日《すいようび》

まあまあ、外《そと》は、なんというひどい雨《あめ》でしょう！　眠《ねむ》っていても、ヤルマールには雨《あめ》の音《おと》がよく聞《きこ》えました。オーレ・ルゲイエが窓《まど》をあけると、水《みず》が窓《まど》わくのところまで届《とど》いていました。外《そと》には、大《おお》きな湖《みずうみ》ができています。ところが、りっぱな船《ふね》が一《いっ》そう、家《いえ》の前《まえ》にきていました。

「ヤルマールや！　船《ふね》に乗《の》って、旅《たび》に出《で》かけよう」と、オーレ・ルゲイエは言《い》いました。「今夜《こんや》のうちに、よその国《くに》へ行《い》って、あしたの朝《あさ》は、ここへもどってこられるからね」

そこで、ヤルマールは、さっそく晴着《はれぎ》を着《き》て、そのりっぱな船《ふね》のまんなかに乗《の》りこみました。すると、すぐにお天気《てんき》がよくなりました。そして、船《ふね》は通《とお》りを走《はし》りだしました。船《ふね》は、教会《きょうかい》をぐるっとまわると、大《おお》きな広《ひろ》い海《うみ》に出《で》ました。もう、陸地《りくち》は、それから長《なが》いあいだ走《はし》りつづけました。もう、陸地《りくち》は、かげも形《かたち》も見《み》えなくなりました。

コウノトリが、むれをつくって飛《と》んでゆくのが見《み》えました。コウノトリたちは、いま、ふるさとを去《さ》って、暖《あたた》かい国《くに》へゆこうというのです。一羽《いちわ》また一羽《いちわ》と、一列《いちれつ》になって飛《と》んでいました。みんなは、今《いま》までに、とてもとても長《なが》いこと飛《と》んできました。ですから、そのうちの一《いち》羽《わ》は、つかれきって、もうこれ以上《いじょう》つばさを動《うご》かして、飛《と》んでいくことができなくなりました。その鳥《とり》は、列《れつ》のいちばんおしまいを飛《と》んでいましたが、そのうちに、みんなからずっと離《はな》れてしまいました。そして、とうとうしまいには、つばさをひろげたまま、下《した》へ下《した》へと落《お》ちていきました。二度《にど》、三度《さんど》、つばさをバタバタやりましたが、もう、どうしようもありません。足《あし》が、船《ふね》の帆綱《ほづな》にさわりました。帆《ほ》の上《うえ》をすべり落《お》ちて、バタッと、甲板《かんぱん》の上《うえ》に落《お》ちました。

船《ふね》のボーイがこのコウノトリをつかまえて、ニワトリや、アヒルや、シチメンチョウのはいっている、トリ小《ご》屋《や》の中《なか》に入《い》れました。あわれなコウノトリは、しょんぼりして、みんなの中《なか》に立《た》っていました。

「みなさん、ごらんなさいな!」と、メンドリたちが、いっせいに言《い》いました。

すると、シチメンチョウは、思《おも》いきり、ぷうっとふくらんで、おまえはだれだい、とたずねました。アヒルたちはあとずさりして、たがいに押《お》しあいながら、「早《はや》く言《い》いな。早《はや》く言《い》いな」と、ガアガアさわぎたてました。

そこで、コウノトリは、暖《あたた》かいアフリカのこと、ピラミッドのこと、砂漠《さばく》を野《の》ウマのように走《はし》るダチョウのこと、などを話《はな》しました。しかし、アヒルたちには、コウノトリの言《い》うことがわかりません。それで、たがいに押《お》しあいながら、言《い》いました。「どうだい、みんな、こいつばかだと思《おも》うだろう！」

「うん、たしかに、こいつはばかだよ！」シチメンチョウはこう言《い》って、のどをコロコロ鳴《な》らしました。コウノトリは何《なに》も言《い》わずに、ただアフリカのことばかりを心《こころ》に思《おも》っていました。

「おまえさんは、きれいな細《ほそ》い足《あし》をしているね」と、シチメンチョウは言《い》いました。「五十《ごじっ》センチでいくらするんだい？」

するとアヒルたちは、「ガア、ガア、ガア！」と、ばかにしたように、笑《わら》いました。けれども、コウノトリは、なんにも聞《きこ》えないような顔《かお》をしていました。

「いっしょに笑《わら》ったらどうだい」と、シチメンチョウは言《い》いました。「ずいぶん、しゃれたつもりなんだからな。それとも、おまえさんには低級《ていきゅう》すぎたかい。おや、おや！こいつはちっと足《た》りないや！　おれたちは、おれたちだけで、ゆかいにやろうぜ！」こう言《い》って、クッ、クッと鳴《な》きました。すると、アヒルたちは、「ガァ、ガァ、ガァ！」とさわぎたてました。こうして、みんながおもしろがっているありさまは、おそろしいほどでした。

けれども、ヤルマールはトリ小屋《ごや》へ行《い》って、戸《と》をあけて、コウノトリを呼《よ》びました。コウノトリは、ヤルマールのあとから甲板《かんぱん》にとび出《で》てきました。いまでは、からだも、じゅうぶんに休《やす》まりました。コウノトリは、ヤルマールにお礼《れい》を言《い》いたそうに、うなずいているみたいでした。それから、つばさをひろげて、暖《あたた》かい国《くに》へむかって飛《と》んでいきました。ニワトリたちはクッ、クッと鳴《な》き、アヒルたちはガアガアおしゃべりをし、シチメンチョウは顔《かお》をまっかにしました。

「あした、おまえたちをスープにしてやるぞ」と、ヤルマールは言《い》いました。けれども、やがて目《め》がさめたときには、いつもの小《ちい》さな寝床《ねどこ》の中《なか》に寝《ね》ていました。それにしても、オーレ・ルゲイエが、ゆうべさせてくれた旅《たび》は、ほんとうにふしぎな旅《たび》でした！

木曜日《もくようび》

「いいかね」と、オーレ・ルゲイエは言《い》いました。「こわがっちゃいけないよ。ごらん。ここに、小《ちい》さなハツカネズミがいるね」こう言《い》いながら、かわいい、ちっちゃなハツカネズミを持《も》った手《て》を、ヤルマールのほうへ差《さ》しだしました。「このハツカネズミは、おまえを結婚式《けっこんしき》に招待《しょうたい》しにきたんだよ。ここで、二《に》ひきのハツカネズミが、今夜《こんや》、結婚《けっこん》することになっているのさ。そのふたりは、おまえのおかあさんの食物《しょくもつ》部屋《べや》の床下《ゆかした》に住《す》んでいるんだよ。あそこは、とても住《す》みごこちのいいところなんだって！」

「でもね、ちっちゃなネズミの穴《あな》から、どうして床下《ゆかした》へはいっていけるの？」と、ヤルマールは聞《き》きました。

「わたしにまかせておけば、大丈夫《だいじょうぶ》！」と、オーレ・

ルゲイエは言《い》いました。「いま、おまえを小《ちい》さくしてあげるよ」それから、オーレ・ルゲイエが、あの魔法《まほう》の注《ちゅう》射器《しゃき》でヤルマールのからだにさわると、ヤルマールのからだは、たちまち、どんどん小《ちい》さくなって、とうとう、指《ゆび》ぐらいの大《おお》きさになってしまいました。「もう、すずの兵隊《へいたい》さんの服《ふく》が、かりられるよ。きっと、似合《にあ》うだろう！　宴会《えんかい》のときは、軍服《ぐんぷく》を着《き》ていたほうが、スマートに見《み》えるからね」

「うん、そうだね」と、ヤルマールが言《い》ったとたん、もう、このうえなくかわいらしいすずの兵隊《へいたい》さんのように、ちゃんと軍服《ぐんぷく》を着《き》ていました。

「どうか、おかあさまの指《ゆび》ぬきの中《なか》に、おすわりくださいませ」と、小《ちい》さなハツカネズミが言《い》いました。「そうすれば、あたくしが引《ひ》っぱってまいりますから」

「おや、お嬢《じょう》さんに、そんなお骨折《ほねお》りをしていただいては、申《もう》しわけありません」と、ヤルマールは言《い》いました。

こうして、みんなは、ハツカネズミの結婚式《けっこんしき》へ出《で》かけていきました。

はじめに、みんなは、床下《ゆかした》の長《なが》い廊下《ろうか》にはいりました。そこは、指《ゆび》ぬきに乗《の》って、やっと通《とお》れるくらいの高《たか》さでした。くさった木《き》の切《き》れはしのあかりが置《お》いてあるので、廊下《ろうか》じゅうが明《あか》るくなっていました。

「ここは、いいにおいが、しやしません？」と、ヤルマールを引《ひ》っぱっているハツカネズミが言《い》いました。「廊下《ろうか》じゅうに、ベーコンの皮《かわ》がしいてあるんですのよ。こんなにすてきなことってありませんわ！」

まもなく、みんなは式場《しきじょう》へ来《き》ました。右側《みぎがわ》には、小《ちい》さなハツカネズミの婦人《ふじん》たちが、ひとりのこらず立《た》っていて、ひそひそ声《ごえ》で話《はな》しては、ふざけあっていました。左《ひだり》側《がわ》にはハツカネズミの紳士《しんし》たちが立《た》ちならんでいて、前《まえ》足《あし》でひげをなでていました。部屋《へや》のまんなかに、花嫁《はなよめ》、花婿《はなむこ》の姿《すがた》が見《み》えました。ふたりは、中身《なかみ》をくりぬいたチーズの皮《かわ》の中《なか》に立《た》っていて、みんなの見《み》ている前《まえ》で、何度《なんど》も何度《なんど》もキスをしていました。むりもありません。ふたりはもう婚約《こんやく》しているのですし、それに、いまにも結婚《けっこん》式《しき》をあげようというのですからね。

それから、お客《きゃく》さまが、ますますふえてきました。とうとうしまいには、おたがいが、もうすこしで、踏《ふ》み殺《ころ》されそうなくらいになりました。そのうえ、花嫁《はなよめ》と花婿《はなむこ》が戸口《とぐち》に立《た》っていたものですから、だれひとり出《で》ることも、はいることもできません。部屋《へや》の中《なか》にも、廊下《ろうか》と同《おな》じように、ベーコンの皮《かわ》がしきつめてありました。これが、ご馳走《ちそう》の全部《ぜんぶ》だったのです。デザートには、エンドウマメが一《ひと》つぶでました。このエンドウマメには、家族《かぞく》の中《なか》のひとりが、花嫁《はなよめ》と花婿《はなむこ》の名前《なまえ》を歯《は》でかみつけておきました。といっても、頭文字《かしらもじ》だけですがね。こんなところは、ふつうの結婚式《けっこんしき》とは、まったくかわっていました。

ハツカネズミたちは、口々《くちぐち》に、りっぱな結婚式《けっこんしき》だった、それに、話《はなし》もなかなかおもしろかった、と言《い》いあいました。

そこで、ヤルマールも家《いえ》へ帰《かえ》りました。こうして、ほんとうにじょうひんな宴会《えんかい》に行《い》ってきたのです。ただ、からだをちぢこめて、小《ちい》さくなって、すずの兵隊《へいたい》さんの軍服《ぐんぷく》を着《き》ていかなければなりませんでしたが。

金曜日《きんようび》

「ちょっと信《しん》じられないことだが、おとなの中《なか》にも、わたしにそばにいてもらいたい人《ひと》が、大《おお》ぜいいるんだよ」と、オーレ・ルゲイエが言《い》いました。「わけても、なにかわるいことをした人《ひと》が、そうなんだよ。『やさしい、小《ちい》さなオーレさん』と、その人《ひと》たちは、わたしに言《い》う。『ああ、どうしても眠《ねむ》れません。一晩《ひとばん》じゅう、こうして横《よこ》になっていると、今《いま》までにやったわるい行《おこな》いが、みんな目《め》に見《み》えてくるんですよ。ちっぽけな、みにくい魔物《まもの》の姿《すがた》になって、寝床《ねどこ》のはしにすわり、熱《あつ》い湯《ゆ》をおれたちにひっかけるんです。どうか、きて、そいつらを追《お》っぱらってください。ぐっすり寝《ね》られるように！』こう言《い》って、深《ふか》いため息《いき》をつくんだよ。そしてまた、『お礼《れい》はよろこんでしますとも。それじゃ、おやすみなさい、オーレさん！お金《かね》は窓《まど》のところにありますよ』と、言《い》うのさ。でも、わたしは、お金《かね》がほしくて、そんなことをするんじゃないんだよ」と、オーレ・ルゲイエは言《い》いました。

「今夜《こんや》は、どんなことをするの？」と、ヤルマールはききました。

「そう、どうだね、今夜《こんや》も、もう一度《いちど》、結婚式《けっこんしき》へ行《ゆ》く気《き》があるかい？　きのうのとは、もちろんちがうけどね。おまえのねえさんは、ヘルマンという、男《おとこ》のような顔《かお》をした大《おお》きな人形《にんぎょう》を持《も》っているだろう。あれがベルタという人形《にんぎょう》と結婚《けっこん》することになっているんだよ。それに、きょうは、この人形《にんぎょう》の誕生日《たんじょうび》だしするから、贈《おく》り物《もの》も、きっと、うんとたくさんくるよ」

「うん、それなら、ぼくもよく知《し》ってるよ」と、ヤルマールは言《い》いました。「人形《にんぎょう》たちに新《あたら》しい着物《きもの》がいるようになると、いつもねえさんは、誕生日《たんじょうび》のお祝《いわ》いか、結婚式《けっこんしき》をやらせるんだよ。きっと、もう百回《ひゃっかい》ぐらいになるよ」

「そうだよ。今夜《こんや》が、百一回《ひゃくいっかい》めの結婚式《けっこんしき》なんだよ。でも、この百一回《ひゃくいっかい》がすめば、それで、みんな、おわってしまうのさ。だから、今夜《こんや》のは、とくべつすばらしいだろうよ。まあ、見《み》てごらん」

そう言《い》われて、ヤルマールがテーブルの上《うえ》を見《み》ると、そこには、小《ちい》さな紙《かみ》の家《いえ》が立《た》っていて、どの窓《まど》にも明《あか》りがついていました。そして、家《いえ》の前《まえ》には、すずの兵隊《へいたい》さんが、みんな、捧銃《ささげつつ》をしていました。花嫁《はなよめ》と花婿《はなむこ》は、床《ゆか》にすわって、テーブルの足《あし》によりかかり、なにか物思《ものおも》いにふけっていました。もちろん、それには、それだけのわけがあったのです。オーレ・ルゲイエは、おばあさんの黒《くろ》いスカートをつけて、坊《ぼう》さんのかわりに、式《しき》を行《おこな》いました。式《しき》がすむと、部屋《へや》じゅうの家具《かぐ》という家具《かぐ》が、みんなで声《こえ》をそろえて、鉛筆《えんぴつ》の作《つく》った、美《うつく》しい歌《うた》をうたいました。その歌《うた》は、兵隊《へいたい》さんが兵舎《へいしゃ》に帰《かえ》るときのラッパの節《ふし》でした。

歌《うた》えや、歌《うた》え！　この喜《よろこ》び、
われら歌《うた》わん、ふたりのために！
見《み》よや、見《み》よ！　顔《かお》こわばらせ、楽《たの》しげに、
中《なか》に立《た》つは、われらの革人形《かわにんぎょう》！
ばんざい！　ばんざい！　革人形《かわにんぎょう》！
われら歌《うた》わん、声高《こえたか》らかに！

それから、ふたりは贈《おく》り物《もの》をもらいました。しかし、食《た》べ物《もの》は、みんなことわりました。だって、ふたりは愛《あい》情《じょう》だけで、もういっぱいだったのですから。

「ところで、ぼくたちは、いなかに住《す》むことにしようか、それとも、外国《がいこく》へでも旅行《りょこう》しようか？」と、花婿《はなむこ》がたずねました。そして、たくさん旅行《りょこう》をしているツバメと、五度《ごど》もひなをかえしたことのある、年《とし》よりのメンドリに相談《そうだん》してみました。すると、ツバメは、美《うつく》しい、暖《あたた》かい国《くに》のことを話《はな》しました。そこには、大《おお》きなブドウの房《ふさ》が、おもたそうにたれさがっていて、気候《きこう》はじつにおだやかで、山々《やまやま》は、ここではとうてい見《み》られないような、すばらしい色《いろ》をしていると。

「でも、そこには、わたしたちのところにあるような、青《あお》キャベツはないでしょう」と、メンドリが言《い》いました。

「わたしは、子供《こども》たちといっしょに、いなかで、一夏《ひとなつ》をすごしたことがあるんですがね。そこには、砂利取《じゃりと》り場《ば》があって、わたしたちは、その中《なか》を歩《ある》きまわって、土《つち》をかきまわしたものですよ。それから、青《あお》キャベツの畑《はたけ》にはいることも、ゆるしてもらいましたよ。ああ、ほんとに青々《あおあお》としていましたっけ。あそこよりいいところなんて、わたしにはとても考《かんが》えられませんわ！」

「だけど、キャベツなんて、どこのだっておんなじですよ」と、ツバメは言《い》いました。「それに、ここは、ときどき、とてもひどい天気《てんき》になるじゃありませんか！」

「そうですね、でもそんなことには、みんな、なれてしまっていますよ」と、メンドリは言《い》いました。

「でも、ここは寒《さむ》くって、氷《こおり》もはりますよ！」

「そのほうが、キャベツにはいいんですよ」と、メンドリは言《い》いました。「それに、ここも暖《あたた》かになることだってありますわ。四年前《よねんまえ》のことですがね、夏《なつ》が五週間《ごしゅうかん》もつづいたんですよ。あのときは、暑《あつ》くて暑《あつ》くて、それこそ、息《いき》をするのもやっとでしたわ！　それからここには、暑《あつ》い国《くに》にいるような、毒《どく》をもった動物《どうぶつ》がいませんよ。どろぼうの心配《しんぱい》もありません。この国《くに》をどこよりも美《うつく》しい国《くに》だと思《おも》わないような人《ひと》は、わるい人《ひと》です！　そんな人《ひと》は、この国《くに》にいる、ねうちがありません！」こう言《い》うと、メンドリは泣《な》きだしました。「わたしだって、旅行《りょこう》をしたことはありますよ。かごにはいって、十二《じゅうに》マイル以上《いじょう》も旅《たび》をしてきたんですからね。でも旅行《りょこう》なんて、ちっとも楽《たの》しいものじゃありませんわ！」

「そうだわ。ニワトリの奥《おく》さんのおっしゃるとおりよ」と、人形《にんぎょう》のベルタは言《い》いました。「あたし、山《やま》の旅行《りょこう》なんていやだわ！　だって、登《のぼ》ったり、下《お》りたりするだけなんですもの。ねえ、あたしたちも、砂利《じゃり》取《と》り場《ば》の近《ちか》くへ行《い》きましょうよ。そうして、キャベツ畑《ばたけ》を散歩《さんぽ》しましょうね」

そして、そのとおりになりました。

土曜日《どようび》

「さあ、お話《はなし》してね」ヤルマールは、オーレ・ルゲイエに寝床《ねどこ》へ連《つ》れていってもらうと、すぐに、こう言《い》いました。

「今夜《こんや》は、お話《はなし》しているひまがないんだよ」オーレはこう言《い》って、見《み》るも美《うつく》しいこうもりがさを、ヤルマールの上《うえ》にひろげました。

「まあ、この中国人《ちゅうごくじん》をごらん」

見《み》ると、こうもりがさは、全体《ぜんたい》が大《おお》きな中国《ちゅうごく》のお皿《さら》のようで、それには青《あお》い木々《きぎ》や、とがった橋《はし》の絵《え》が、かいてありました。その橋《はし》の上《うえ》に、小《ち》さな中国人《ちゅうごくじん》が立《た》っていて、こちらにむかってうなずいていました。

「わたしたちは、あしたの朝《あさ》までに、世界《せかい》じゅうをきれいにしておかなければならないんだよ」と、オーレは言《い》いました。「あしたは日曜日《にちようび》で、神聖《しんせい》な日《ひ》だからね。わたしは、これから教会《きょうかい》の塔《とう》へ行《い》って、教会《きょうかい》のこびとの妖精《ようせい》が鐘《かね》をみがいて、いい音《おと》がでるようにしておいたかどうかを見《み》なければならないし、畑《はたけ》へも行《い》って、風《かぜ》が草《くさ》や木《こ》の葉《は》から、ほこりを吹《ふ》きはらってくれたかどうかも見《み》なければならないんだよ。でも、いちばん大事《だいじ》な仕事《しごと》は、空《そら》の星《ほし》をみんな下《お》ろして、みがくことだよ。わたしは、それを前掛《まえか》けに入《い》れて、持《も》ってくるんだがね、その前《まえ》に、一《ひと》つ一《ひと》つの星《ほし》に、番号《ばんごう》をつけておかなければならないのさ。そして、取《と》り出《だ》したあとの穴《あな》にも、同《おな》じ番号《ばんごう》をつけなければならないんだよ。星《ほし》が帰《かえ》ってきたときに、ちゃんと、もとの場所《ばしょ》へもどれるようにね。もしちがった穴《あな》へでもはいってしまうと、ちゃんとすわっていられないから、あとからあとからころがり落《お》ちて、流《なが》れ星《ぼし》があんまりたくさんできてしまうからね」

「もしもし、ルゲイエさん!」と、そのとき、ヤルマールの寝《ね》ている、上《うえ》のかべにかかっている、古《ふる》い肖像画《しょうぞうが》が言《い》いました。「わしはヤルマールの曾祖父《そうそふ》です。子供《こども》にいろいろ話《はなし》を聞《き》かせてくださって、あつくお礼《れい》を申《もう》します。しかし、子供《こども》の考《かんが》えを迷《まよ》わさないように願《ねが》いますぞ。空《そら》の星《ほし》は、取《と》り下《お》ろしたり、みがいたりできるものではありませんからな。星《ほし》というものは、われわれの地球《ちきゅう》と同《おな》じく、天体《てんたい》なのですぞ。そしてまた、それがいいところなんですからな」

「ありがとう、お年《とし》よりのひいおじいさま!」と、オーレ・ルゲイエは言《い》いました。「ありがとう！　あなたは、一家《いっか》のお頭《かしら》です。あなたは『古《ふる》い』お頭《かしら》です。しかし、わたしは、あなたよりももっと古《ふる》いのです。わたしは、むかしの異教徒《いきょうと》なのです。ローマ人《じん》やギリシャ人《じん》は、わたしのことを、『眠《ねむ》りの精《せい》』と呼《よ》んだものですよ。わたしは、いちばんとうとい家《いえ》の中《なか》へもはいっていきましたし、今《いま》でもはいっていきます。わたしは、小《ちい》さい人《ひと》とも大《おお》きい人《ひと》とも、おつきあいができるのです！　それでは、今夜《こんや》は、あなたが話《はなし》をしてやってください！」――

こう言《い》うと、オーレ・ルゲイエは、こうもりがさを持《も》って、行《い》ってしまいました。

「今《いま》では、自分《じぶん》の考《かんが》えを言《い》うこともできんのか！」と、古《ふる》い肖像画《しょうぞうが》が言《い》いました。

そのときヤルマールは目《め》がさめました。

日曜日《にちようび》

「今晩《こんばん》は！」と、オーレ・ルゲイエは言《い》いました。すると、ヤルマールはうなずきました。けれども、すぐさまとんで行《い》って、ひいおじいさんの肖像画《しょうぞうが》を、かべのほうへ向《む》けてしまいました。こうしておかないと、またゆうべのように、口《くち》を出《だ》されて、お話《はなし》が聞《き》けなくなってしまいますからね。

「さあ、お話《はなし》を聞《き》かせて。『一《ひと》つのさやに住《す》んでいる、五《いつ》つぶの青《あお》いエンドウマメの話《はなし》』や、『メンドリの足《あし》に愛《あい》をささやいた、オンドリの足《あし》の話《はなし》』や、『あんまり細《ほそ》いので、ぬい針《ばり》だとうぬぼれている、かがり針《ばり》の話《はなし》』なんかをね」

「お話《はなし》のほかにも、ためになることはたくさんあるよ」と、オーレ・ルゲイエは言《い》いました。「ところで、今夜《こんや》は、ぜひともおまえに見《み》せたいものがあるんだよ。わたしの弟《おとうと》なんだがね、名前《なまえ》は、やっぱりオーレ・ルゲイエだよ。もっとも、弟《おとうと》は、どんな人《ひと》のところへも、一度《いちど》しかこないがね。くれば、すぐに、その人《ひと》をウマに乗《の》せて、お話《はなし》を聞《き》かせてやる。ところが、そのお話《はなし》というのは、二《ふた》つっきり。一《ひと》つは、だれも思《おも》いおよばないような、すばらしく美《うつく》しいお話《はなし》、もう一《ひと》つは、ぞっとするような、恐《おそ》ろしい、—とても書《か》くことができないような、お話《はなし》なんだよ」

そこで、オーレ・ルゲイエは、小《ちい》さなヤルマールを窓《まど》のところへだき上《あ》げて、言《い》いました。「ほら、あそこに見《み》えるのが、わたしの弟《おとうと》で、もうひとりのオーレ・ルゲイエだよ。人間《にんげん》は、弟《おとうと》のことを、死神《しにがみ》とも言《い》っている。だけど、ごらん。絵本《えほん》だと、骸骨《がいこつ》ばかりの、恐《おそ》ろしい姿《すがた》にかかれているけれども、そんなふうじゃないね。それどころか、銀《ぎん》のししゅうをした、上着《うわぎ》を着《き》ている。まるで、美《うつく》しい軽騎兵《けいきへい》の軍服《ぐんぷく》のようじゃないか！　黒《くろ》いビロードのマントが、ウマの上《うえ》でひらひら、ひるがえっている！　あれあれ、あんなに速《はや》くウマを走《はし》らせているよ！」

言《い》われて、ヤルマールがながめると、そのオーレ・ルゲイエがウマを走《はし》らせていました。そして、若《わか》い者《もの》や、年《とし》とった者《もの》を、ウマに乗《の》せていました。ある者《もの》は前《まえ》に、また、ある者《もの》はうしろに乗《の》せました。けれども乗《の》せる前《まえ》に、オーレ・ルゲイエは、いつもこうたずねました。

「成績表《せいせきひょう》はどんなだね？」

「いい成績《せいせき》です」と、だれもかれもが、言《い》いました。

「よろしい、ちょっと見《み》せたまえ」と、オーレ・ルゲイエは言《い》いました。

そこで、みんなは、成績表《せいせきひょう》を見《み》せなければなりません。その結果《けっか》、「秀《しゅう》」と「優《ゆう》」とをもらっていた者《もの》は、ウマの前《まえ》のほうに乗《の》って、楽《たの》しいお話《はなし》を聞《き》かせてもらいます。ウマところが、「良《りょう》」と「可《か》」とをもらっていた者《もの》は、ウマのうしろのほうにすわって、ぞっとするようなお話《はなし》を聞《き》かなければならないのです。その人《ひと》たちは、ふるえながら、泣《な》いていました。ウマからとび下《お》りようとしても、だめなのです。なぜって、みんなはウマに乗《の》せられたとたん、たちまち、根《ね》が生《は》えたように、動《うご》けなくなってしまうからです。

「だけど、死神《しにがみ》って、とってもりっぱなオーレ・ルゲイエだねえ！」と、ヤルマールは言《い》いました。「ぼく、ちっともこわくないよ」

「そう、こわがることなんかないね」と、オーレ・ルゲイエは言《い》いました。「いい成績表《せいせきひょう》を、もらえるようにしさえすればいいんだよ」

「さよう、これはためになる！」と、ひいおじいさんの肖像画《しょうぞうが》が、つぶやきました。「やっぱり、自分《じぶん》の考《かんが》えを言《い》えば、役《やく》にたつのじゃな！」こう言《い》って、肖像画《しょうぞうが》は満足《まんぞく》しました。

みなさん！　これが眠《ねむ》りの精《せい》のオーレ・ルゲイエのお話《はなし》です。今夜《こんや》は、オーレ・ルゲイエが、みなさんに、もっといろいろのお話《はなし》をしてくれるかもしれませんよ！

【凡例】

・本編「眠りの精」は、青空文庫作成の文字データを使用した。
底本：「人魚の姫　アンデルセン童話集Ⅰ」新潮文庫、新潮社
　1967（昭和42）年12月10日発行
　1989（平成元）年11月15日34刷改版
　2011（平成23）年9月5日48刷
※表題は底本では、「眠《ねむ》りの精」となっている。
入力：チエコ
校正：木下聡
2019年7月30日作成

・文字遣いは、青空文庫のデータによる。
・この作品には、今日からみれば不適切と思われる表現が含まれているが、作品の描かれた時代と、作品本来の価値に鑑み、底本のままとした。
・ルビは、青空文庫のものに加えて、新字新仮名のルビを付し、総ルビとした。
・追加したルビには文字遣いの他、読み方など格段の基準は設けていない。

みにくいアヒルの子《こ》

いなかは、ほんとうにすてきでした。夏《なつ》のことです。コムギは黄色《きいろ》くみのっていますし、カラスムギは青々《あおあお》とのびて、緑《みどり》の草地《くさち》には、ほし草《くさ》が高《たか》くつみ上《あ》げられていました。そこを、コウノトリが、長《なが》い赤《あか》い足《あし》で歩《ある》きまわっては、エジプト語《ご》でぺちゃくちゃと、おしゃべりをしていました。コウノトリは、おかあさんから、エジプト語《ご》をおそわっていたのでした。

畑《はたけ》と草地《くさち》のまわりには、大《おお》きな森《もり》がひろがっていて、その森《もり》のまんなかに、深《ふか》い池《いけ》がありました。ああ、いなかは、なんてすばらしいのでしょう！　そこに、暖《あたた》かなお日《ひ》さまの光《ひかり》をあびて、一《いっ》けんの古《ふる》いお屋敷《やしき》がありました。まわりを、深《ふか》い掘割《ほりわ》りにかこまれていて、へいから水《みず》ぎわまで、大《おお》きな大《おお》きなスカンポが、いっぱいしげっていました。スカンポは、とても高《たか》くのびていましたから、いちばん大《おお》きいスカンポの下《した》では、小《ちい》さな子供《こども》なら、まっすぐ立《た》つこともできるくらいでした。そこは、まるで、森《もり》のおく深《ふか》くみたいに、ぼうぼうとしていました。

ここに、アヒルの巣《す》がありました。巣《す》の中《なか》には、一羽《いちわ》のおかあさんのアヒルがすわって、今《いま》ちょうど、卵《たまご》をかえそうとしていました。けれども、かわいい子供《こども》は、なかなか生《うま》れてきませんし、それに、お友《とも》だちもめったに、あそびにきてくれないものですから、今《いま》では、もうすっかり、あきあきしていました。ほかのアヒルたちにしてみれば、わざわざ、このおかあさんのところへ上《あが》っていって、スカンポの下《した》におとなしくすわって、おしゃべりなんかするよりも、掘割《ほりわ》りの中《なか》を、かってに泳《およ》ぎまわっているほうが、おもしろかったのです。

とうとう、卵《たまご》が一《ひと》つ、また一《ひと》つと、つぎつぎに割《わ》れはじめました。ピー、ピー、と、鳴《な》きながら、卵《たまご》のきみが、むくむくと動《うご》き出《だ》して、かわいい頭《あたま》をつき出《だ》しました。

「ガー、ガー。おいそぎ、おいそぎ」と、おかあさんアヒルは、言《い》いました。すると、子供《こども》たちは、大《おお》いそぎで出《で》てきて、緑《みどり》の葉っぱの下《した》から、四方八方《しほうはっぽう》を、きょろきょろ見《み》まわしました。そのようすを見《み》て、おかあさんは、みんなに見《み》たいだけ見《み》せてやりました。なぜって、緑《みどり》の色《いろ》は、目《め》のためにいいですからね。

「世《よ》の中《なか》って、すごく大《おお》きいんだなあ！」と、子供《こども》たちは、口《くち》をそろえて言《い》いました。もちろん、卵《たまご》の中《なか》にいたときとは、まるでちがうのですから、こう言《い》うのも、むりはありません。

「おまえたちは、これが、世《よ》の中《なか》のぜんぶだとでも思《おも》っているのかい？」と、おかあさんアヒルは言《い》いました。「世《よ》の中《なか》っていうのはね、このお庭《にわ》のむこうのはしをこえて、まだまだずうっと遠《とお》くの、牧師《ぼくし》さんの畑《はたけ》のほうまで、ひろがっているんだよ。おかあさんだって、まだ行《い》ったことがないくらいなのさ！　――ええと、これで、みんななんだね」

こう言《い》って、おかあさんアヒルは、立《た》ちあがりました。「おや、まだみんなじゃないわ。いちばん大《おお》きい卵《たまご》が、まだのこっているね。この卵《たまご》は、なんて長《なが》くかかるんだろう！　ほんとに、いやになっちゃうわ」こう言《い》いながら、おかあさんアヒルは、しかたなく、またすわりこみました。

「ちょいと、どんなぐあいかね?」と、そのとき、おばあさんのアヒルが、お見舞《みま》いにきて、こうたずねました。

「この卵《たまご》が、一《ひと》つだけ、ずいぶんかかりましてねえ!」と、卵《たまご》をかえしていた、おかあさんアヒルが、言《い》いました。「いつまでたっても、穴《あな》があきそうもありませんの。でも、まあ、ほかの子《こ》たちを見《み》てやってくださいな。みんな、見《み》たこともないほど、きれいなアヒルの子供《こども》たちですわ! おとうさんにそっくりなんですのよ。それだのに、あのしょうのない人《ひと》ったら、お見舞《みま》いにもきてくれないんですの」

「どれ、どれ、その割《わ》れないという卵《たまご》を、わたしに見《み》せてごらん!」と、おばあさんアヒルは、言《い》いました。「こりゃあね、おまえさん、シチメンチョウの卵《たまご》だよ。わたしも、いつか、だまされたことがあってね。そりゃあ、ひどい目《め》にあったもんさ。生《う》まれた子供《こども》には、さんざん苦《く》労《ろう》させられてね。だって、おまえさん、その子《こ》ったら、水《みず》をこわがるんだからね。いくら、水《みず》の中《なか》へ入《い》れてやろうと思《おも》ったって、だめだったよ。どんなに、わたしががみがみ言《い》って、つっつこうと、食《く》いつこうと、そりゃあ、どうしたって、だめなのさ! ―その卵《たまご》を見《み》せてごらん。

ああ、やっぱり、シチメンチョウの卵《たまご》だよ！　こりゃあ、このままにしておいて、ほかの子供《こども》たちに、泳《およ》ぎでも教《おし》えてやるほうがいいね」

「でも、もうすこし、すわっていてみますわ」と、おかあさんアヒルは、言《い》いました。「せっかく、長《なが》いあいだ、こうやってすわっていたんですもの。もうすこし、がまんしてみます」

「まあ、お好《す》きなようにね」おばあさんアヒルは、こう言《い》って、行《い》ってしまいました。

とうとう、その大《おお》きな卵《たまご》が割《わ》れました。ピー、ピー、と、ひよこが鳴《な》きながら、ころがり出《で》てきました。ところが、その子《こ》ったら、ずいぶん大《おお》きくて、ひどくみっともないかっこうをしています。おかあさんアヒルは、その子《こ》を・・・じいっとながめて、言《い》いました。「まあ、とんでもなく大《おお》きい子《こ》だこと！ ほかの子《こ》には、似《に》てもいやしない！ こりゃあ、ほんとうに、シチメンチョウの子《こ》かもしれないよ。まあ、いいわ。すぐわかるんだもの。ひとつ、水《みず》のところへ連《つ》れてってって、つきとばしてやりましょう」

あくる日《ひ》は、すっかり晴《は》れわたって、とても気持《きもち》のよいお天気《てんき》でした。お日《ひ》さまは、キラキラとかがやいて、緑《みどり》のスカンポの上《うえ》を照《て》らしています。おかあさんアヒルは、子供《こども》たちをみんな連《つ》れて、掘割《ほりわ》りにやってきました。

パチャーン！　と、おかあさんは、まっさきに水《みず》の中《なか》へとびこんで、「ガー、ガー。さあ、おいそぎ！」と、みんなに言《い》いました。すると、アヒルの子供《こども》たちは、一《いち》羽《わ》ずつ、あとからあとからとびこみました。水《みず》が頭《あたま》の上《うえ》までかぶさりましたが、みんなは、すぐに浮《うか》び上《あ》がって、じょうずに泳《およ》ぎ出《だ》しました。足《あし》は、ひとりでに動《うご》きました。こうやって、みんなは水《みず》の上《うえ》に浮《うか》んでいました。見《み》れば、あのみにくい灰色《はいいろ》の子《こ》も、いっしょに泳《およ》いでいます。

「あら、あの子《こ》はシチメンチョウなんかじゃないわ」と、おかあさんアヒルは、言《い》いました。「まあ、まあ、足《あし》をとってもじょうずに使《つか》っていること！　からだも、あんなにまっすぐ起《おこ》してさ！　もう、あたしの子《こ》にまちがいないわ。それに、よくよく見《み》れば、やっぱりかわいいもの。ガー、ガー、──さあ、みんな、おかあさんについておいで。おまえたちを、世《よ》の中《なか》へ連《つ》れてってあげるからね。鳥小屋《とりごや》のみなさんにも、ひきあわせてあげるよ。だけど、おかあさんのそばから離《はな》れちゃいけないよ。ふまれたりすると、たいへんだからね。それから、ネコに気《き》をおつけ！」

そのうちに、みんなは、鳥小屋《とりごや》につきました。ところが、そこでは、おそろしいさわぎの起《おこ》っている、まっさいちゅうでした。二《に》けんの家《いえ》のものが、一《ひと》つのウナギの頭《あたま》を取《と》りっこして、けんかをしていたのです。ところが、そのあいだに、ネコが、横《よこ》から取《と》っていってしまいました。

「いいかい、世《よ》の中《なか》って、こんなものなんだよ」と、アヒルの子供《こども》たちのおかあさんは、言《い》いながら、自分《じぶん》も、くちばしをピチャピチャやりました。ほんとうは、おかあさんも、ウナギの頭《あたま》がほしかったのです。

「さあ、今度《こんど》は、足《あし》を使《つか》うようにしましょうね」と、おかあさんアヒルは、言《い》いました。「みんな、いそいで行《い》けるかしらねえ。いいこと、あそこにいる、アヒルのおばあさんの前《まえ》へ行《い》ったら、おじぎをするんですよ。あの方《かた》は、ここにいるひとたちの中《なか》で、いちばん身分《みぶん》の高《たか》いひとなんだからね。スペインで生《うま》れたひとなんだよ。だから、あんなにふとっていらっしゃるのさ！　それから、ほら、足《あし》に赤《あか》い布《ぬの》をつけているでしょう。きれいで、すてきじゃないの。あれはね、わたしたちアヒルがもらうことのできる、いちばんりっぱな勲章《くんしょう》なんだよ！　あれをつけているのはね、あのひとがいなくならないようにというためと、動物《どうぶつ》からも、人間《にんげん》からも、すぐわかるようにというためなんだよ。――

さあ、さあ、いそいで！　――足《あし》を内側《うちがわ》へ向《む》けるんじゃありませんよ。おぎょうぎのいいアヒルの子《こ》は、足《あし》をぐっと、外側《そとがわ》へ開《ひら》くんですよ。そら、おとうさんや、おかあさんを見《み》てごらん。いいかい、こんなふうにするのよ。さあ、今度《こんど》は首《くび》をまげて、ガー、と、言《い》ってごらん」

そこで、子供《こども》たちはみんな、言《い》われたとおりにしました。ほかのアヒルたちが、まわりに集《あつ》まってきて、みんなをじろじろながめながら、大《おお》きな声《こえ》で言《い》いました。

「おい、見《み》ろよ。また、チビが、うんとこさやってきたぞ！　おれたちだけじゃ、まだ足《た》りないっていうみたいだ。チェッ、あのアヒルの子《こ》は、ありゃあ、なんてやつだ。あんなのはごめんだぜ」――そして、すぐに、一羽《いちわ》のアヒルがとんできて、その子《こ》の首《くび》すじにかみつきました。

「ほっといてちょうだい」と、おかあさんアヒルは、言《い》いました。「この子《こ》は、なんにもしないじゃないの」

「うん。だけど、こいつ、あんまり大《おお》きくて、へんてこだもの」と、いま、かみついたアヒルが、言《い》いました。

「だから、追《お》っぱらっちゃうんだ」

「かわいい子供《こども》さんたちだねえ、おかあさん!」と、足《あし》に布《ぬの》をつけている、おばあさんのアヒルが、言《い》いました。「みんな、かわいい子供《こども》たちだよ。でも、一羽《いちわ》だけは、べつだがね。かわいそうに。作《つく》りかえることができたら、いいのにねえ!」

「そうはまいりませんわ、奥《おく》さま!」と、おかあさんアヒルは、言《い》いました。「この子《こ》は、かわいらしくは見《み》えませんが、でも気《き》だては、たいへんよいのでございます。それに、泳《およ》ぐことも、ほかの子供《こども》たちと同《おな》じようにできます。いいえ、かえって、すこしじょうずなくらいでございますすわ。大《おお》きくなれば、もうすこしきれいにもなりましょうし、時《とき》がたてば、小《ちい》さくもなりますでしょう。きっと、卵《たまご》の中《なか》に長《なが》くいすぎたものですから、こんなへんな形《かたち》になってしまいましたのでしょう」こう言《い》って、その子《こ》の首《くび》すじをついて、羽《はね》をきれいになおしてやりました。

「それに、この子《こ》は男《おとこ》の子《こ》なんでございますもの」と、おかあさんアヒルは言《い》いました。「ですから、かっこうのわるいなんてことは、どうでもいいことだと思《おも》いますわ。きっと、りっぱな強《つよ》いものになって、生《い》きていってくれるだろうと、思《おも》います」

「ほかの子《こ》たちは、ほんとうにかわいいね」と、おばあさんアヒルは、言《い》いました。「さあ、さあ、みんな。自《じ》分《ぶん》のうちにいるようなつもりで、らくにしておいで。それから、おまえさんたち、ウナギの頭《あたま》を見《み》つけたら、わたしのところへ持《も》ってきておくれよ。いいかね」――

こう言《い》われたものですから、みんなは、うちにいるように、らくな気《き》持《もち》になりました。

けれども、いちばんおしまいに卵《たまご》から出《で》てきた、みにくいかっこうのアヒルの子《こ》だけは、かわいそうに、アヒルの仲間《なかま》たちばかりか、ニワトリたちからも、かみつかれたり、つつかれたり、ばかにされたりしました。

「こいつ、でかすぎるぞ！」と、みんながみんな、こう言《い》うのです。なかでも、シチメンチョウは、生《う》まれつき・・・けづめを持《も》っていたので、皇帝《こうてい》のようなつもりでいたのですが、それだけに、このアヒルの子《こ》を見《み》ると、帆《ほ》に風《かぜ》をいっぱい受《う》けた船《ふね》のように、からだをぷうっとふくらませて、つかつかと近《ちか》よってきました。そして、のどをゴロゴロ鳴《な》らしながら、顔《かお》をまっかにしました。これを見《み》ると、かわいそうなアヒルの子《こ》は、もうどうしたらよいのか、わかりません。自分《じぶん》の姿《すがた》が、たいそうみにくいために、みんなから、こんなにまでもばかにされるのが、なんともいえないほど悲《かな》しくなりました。

さいしょの日《ひ》は、こんなふうにしてすぎましたが、それからは、だんだんわるくなるばかりです。かわいそうに、アヒルの子《こ》は、みんなに追《お》いかけられました。にいさんや、ねえさんたちさえも、やさしくしてくれるどころか、かえっていじわるをして、いつも言《い》うのでした。

「おい、みっともないやつ。おまえなんか、ネコにでもつかまっちまえばいいんだ！」

おかあさんも、

「おまえさえ、どこか遠《とお》いところへ行《い》ってくれたらねえ！」と、言《い》いました。ほかのアヒルたちには、かみつかれ、ニワトリたちには、つつきまわされました。鳥《とり》にえさをやりにくる娘《むすめ》からは、足《あし》でけとばされました。

とうとう、アヒルの子《こ》は逃《に》げだして、生垣《いけがき》をとびこえました。すると、やぶの中《なか》にいた小鳥《ことり》たちが、びっくりして、ぱっと舞《ま》いあがりました。

「ああ、これも、ぼくがみっともないからなんだなあ！」

と、アヒルの子《こ》は思《おも》って、目《め》をつぶりました。けれども、どんどんさきへ走《はし》っていきました。やがて、野《の》ガモの住《す》んでいる、大《おお》きな沼地《ぬまち》に出《で》ました。アヒルの子《こ》は、ここで、一晩《ひとばん》ねることにしました。だって、ここまできたら、もうすっかりくたびれていましたし、それに、悲《かな》しくってたまらなかったのですもの。

朝《あさ》になると、野《の》ガモたちはとびたって、あたらしい仲《なか》間《ま》を見《み》つけました。「きみは、いったい何者《なにもの》だい？」と、みんなは、たずねました。アヒルの子《こ》は、あっちへもこっちへも、できるだけていねいにおじぎをしました。

「きみはまた、おっそろしく、みっともないかっこうをしているな」と、野《の》ガモたちは、言《い》いました。「でも、そんなことは、どうだっていいや。ぼくたちの家族《かぞく》のものと結婚《けっこん》しなけりゃ、いいんだ」

かわいそうなアヒルの子《こ》は、結婚《けっこん》なんて、夢《ゆめ》にも思《おも》ってみたことがありません！　それどころか、ただ、アシのあいだに休《やす》ませてもらって、沼《ぬま》の水《みず》をほんのすこし飲《の》ませてもらえば、それだけでよかったのです。

アヒルの子《こ》は、そこに二日《ふつか》のあいだ、いました。すると、そこへ、おすのガンが二《に》羽《わ》、とんできました。このガンは、卵《たまご》から出《で》て、まだ、いくらもたっていませんでしたから、すこしむてっぽうすぎました。

「おい、きみ！」と、ガンは言《い》いました。「きみは、なんて、みっともないかっこうをしているんだ！　だけど、ぼくは、そのみっともないところが気《き》にいった。どうだい、いっしょに行《い》って、渡《わた》り鳥《どり》にならないかい？　じつは、この近《ちか》くのもう一《ひと》つの沼《ぬま》にな、きれいな、かわいい女《おんな》のガンが二《に》、三羽《さんわ》、住《す》んでいるんだ。むろん、みんなお嬢《じょう》さんさ。ガー、ガー、って、じょうずにおしゃべりすることもできるんだ。きみが、いくらみっともないかっこうでも、そこへ行《ゆ》けば、幸福《こうふく》をつかむことができるんだぞ」――

「ダーン、ダーン！」と、そのとき、空《そら》で鉄砲《てっぽう》の音《おと》がしました。とたんに、二羽《にわ》のガンは、アシの中《なか》へ、まっさかさまに落《お》ちて、死《し》にました。水《みず》が、血《ち》の色《いろ》でまっかにそまりました。

「ダーン、ダーン！」と、また鉄砲《てっぽう》の音《おと》がしました。するとガンのむれが、アシの中《なか》から、ぱっととびたちました。つづいて、また鉄砲《てっぽう》の音《おと》がしました。大《おお》じかけの猟《りょう》が、はじまったのです。かりゅうどたちは、沼《ぬま》のまわりを、ぐるりと取《と》りまいていました。いや、中《なか》には、もっと近《ちか》くまできて、アシの上《うえ》にのび出《で》ている木《き》の枝《えだ》に、腰《こし》をおろしている者《もの》さえ、二《に》、三人《さんにん》ありました。青《あお》い煙《けむり》が、まるで雲《くも》のように、うす暗《ぐら》い木々《きぎ》の間《あいだ》をぬけて、遠《とお》く水《みず》の面《おもて》にたなびいていました。

沼《ぬま》の中《なか》へ、猟犬《りょうけん》が、ピシャッ、ピシャッと、とびこんできました。アシは、あっちへもこっちへも、なびきました。かわいそうに、アヒルの子《こ》にとっては、なんというおそろしい出来事《できごと》だったでしょう！　アヒルの子《こ》は、びっくりぎょうてんしました。思《おも》わず、頭《あたま》をちぢこめて、羽《はね》の下《した》にかくしました。

と、ちょうどその瞬間《しゅんかん》、おそろしく大《おお》きなイヌが、すぐ目《め》の前《まえ》にとび出《だ》してきました。舌《した》はだらりと長《なが》くたらして、目《め》はぞっとするほど、ギラギラ光《ひか》っていました。鼻《はな》づらを、アヒルの子《こ》のほうへぐっと近《ちか》づけて、するどい歯《は》をむきだしました。——

ところが、どうしたというのでしょう。アヒルの子《こ》にはかみつきもしないで、また、ピシャッ、ピシャッと、むこうへもどっていってしまいました。

「ああ、ありがたい！」と、アヒルの子《こ》は、ほっとして、言《い》いました。「ぼくが、あんまりみっともないものだから、イヌまでかみつかないんだな」

アヒルの子《こ》は、そのまま、じっとしていました。けれど、そのあいだも、ひっきりなしに、鉄砲《てっぽう》のたまが、アシの中《なか》へとんできて、ザワザワと音《おと》をたてました。

お昼《ひる》すぎになってから、やっと、あたりが静《しず》かになりました。けれども、かわいそうなアヒルの子《こ》は、すぐには、起《お》きあがる元気《げんき》もありませんでした。それから、また、だいぶ時間《じかん》がたってから、やっと、あたりを見《み》まわしました。そして、大《おお》いそぎで、沼《ぬま》から逃《に》げ出《だ》しました。畑《はたけ》をこえ、草原《そうげん》をこえて、どんどん走《はし》っていきました。そのうちに、はげしい風《かぜ》が吹《ふ》いてきました。そのため、今《こん》度《ど》は、とっても走《はし》りにくくなりました。

夕方《ゆうがた》ごろ、とあるみすぼらしい、小《ち》さな百姓家《ひゃくしょうや》にたどりつきました。その家《いえ》は、見《み》るもあわれなありさまで、自分《じぶん》でも、どっちへたおれようとしているのか、わからないようなようすでした。それでも、まだ、とにかく、こうして、立《た》っているのでした。そうしているうちにも、風《かぜ》が、ピューピュー吹《ふ》きつけてきました。アヒルの子《こ》は、たおれないようにするために、風《かぜ》のほうへしっぽを向《む》けて、からだをささえなければなりません。けれども、風《かぜ》は、ますますひどくなるばかりです。そのとき、ふと見《み》ると、入《い》り口《ぐち》の戸《と》のちょうつがいが一《ひと》つはずれていて、戸《と》が、いくぶん開《あ》いていています。どうやら、そのすきまから、部《へ》屋《や》の中《なか》へ、はいっていくことができそうです。そこで、アヒルの子《こ》は、さっそく、そこからはいっていきました。

この家《いえ》には、ひとりのおばあさんが、一《いっ》ぴきのネコと、一《いち》羽《わ》のニワトリといっしょに、住《す》んでいました。おばあさんは、このネコのことを、「坊《ぼう》やちゃん」と呼《よ》んでいました。「坊《ぼう》やちゃん」は背《せ》中《なか》をまるくしたり、のどをゴロゴロ鳴《な》らしたりすることができました。そのうえ、火花《ひばな》を散《ち》らすこともできました。もっとも、火花《ひばな》を散《ち》らすためには、だれかに、毛《け》をさかさにこすってもらわなければなりません。ニワトリは、たいへんかわいらしい、短《みじか》い足《あし》をしているので、おばあさんは、「短《みじか》い足《あし》のコッコちゃん」と、呼《よ》んでいました。「短《みじか》い足《あし》のコッコちゃん」は、とってもよい卵《たまご》を生《う》むので、おばあさんは、まるで、自分《じぶん》の子供《こども》みたいに、かわいがっていました。

あくる朝《あさ》になると、ネコも、ニワトリも、すぐに、いままで見《み》たことのない、アヒルの子《こ》がいるのに気《き》がつきました。ネコは、のどをゴロゴロ鳴《な》らし、ニワトリは、コッコと鳴《な》きだしました。

「どうしたんだね？」と、おばあさんは言《い》って、あたりを見《み》まわしました。けれども、おばあさんは、目《め》があんまりよくなかったものですから、このアヒルの子《こ》を、どこからか迷《まよ》いこんできた、ふとったアヒルだと、かんちがいしてしまいました。

「こりゃあ、いいものがはいってきてくれた」と、おばあさんは言《い》いました。「これからは、アヒルの卵《たまご》も食《た》べられるってわけだもの。だけど、おすのアヒルでなけりゃいいがねえ。まあ、ためしに飼《か》ってみるとしよう」

こういうわけで、アヒルの子《こ》は、三週間《さんしゅうかん》のあいだ、ためしに飼《か》われることになりました。でも、もちろん、卵《たまご》は生《う》みませんでした。ところで、この家《いえ》では、ネコがご主人《しゅじん》で、ニワトリが奥《おく》さんでした。そして、いつもふたりは、「われわれと世界《せかい》は!」と、言《い》っていました。なぜって、ふたりは、おたがいが世界《せかい》のよいはんぶんで、それも、いちばんよいはんぶんだと、思《おも》っていたからです。アヒルの子《こ》は、これとはちがったふうに考《かんが》えることもできるような気《き》がしました。でも、ニワトリは、それをみとめてくれませんでした。

「あんたは、卵《たまご》を生《う》むことができるの?」と、ニワトリはたずねました。

「いいえ」

「じゃあ、だまっていたらどう！」

すると、今度《こんど》は、ネコが口《くち》を出《だ》しました。

「おまえは、背中《せなか》をまるくすることができるかい？　のどをゴロゴロ鳴《な》らすことができるかい？　それから、火《ひ》花《ばな》を散《ち》らすことができるかい？」

「いいえ」

「じゃあ、りこうな人《ひと》たちが話《はな》しているときは、だまっているものだよ」

こうして、アヒルの子《こ》は、すみっこにひっこんでいましたが、ちっともおもしろくはありません。そうしているうちに、すがすがしい、気持《きもち》のよい空気《くうき》と、お日《ひ》さまの光《ひかり》が、なつかしく思《おも》い出《だ》されてきて、たまらないほど、水《みず》の上《うえ》を泳《およ》ぎたくなってきました。アヒルの子《こ》は、とうとう、がまんができなくなって、そのことを、ニワトリの奥《おく》さんにうちあけました。

「あんた、何《なに》を言《い》うのよ」と、ニワトリの奥《おく》さんは、言《い》いました。「なんにもすることがないもんだから、そんなとんでもない気《き》まぐれを起《おこ》すんだよ。卵《たまご》でも生《う》むか、のどでも鳴《な》らすとかしてごらん。そんなばかげた気《き》まぐれは、どっかへとんでっちゃうから」

「でも、水《みず》の上《うえ》を泳《およ》ぐのは、すばらしいんですよ」と、アヒルの子《こ》は言《い》いました。「頭《あたま》から水《みず》をかぶったり、水《みず》の底《そこ》のほうまでもぐっていったりするのは、とっても楽《たの》しいんですもの」

「ふん、さぞかし、楽《たの》しいでしょうよ」と、ニワトリの奥《おく》さんは、言《い》いました。「あんたは、気《き》でもちがったんだよ。じゃあ、ネコのだんなさんに聞《き》いてごらん。あのひとは、あたしの知《し》っている人《ひと》の中《なか》で、いちばんりこうな方《ほう》だがね、あのひとに、水《みず》の上《うえ》を泳《およ》いだり、もぐったりするのは、お好《す》きですかって、さ！　あたしは、自《じ》分《ぶん》のことはなんにも言《い》いたかないわ。──あたしたちのご主人《しゅじん》のおばあさんにも、聞《き》いてごらん。あのおばあさんよりりこうな人《ひと》は、世《よ》の中《なか》にはいないんだよ。あんた、いったい、あのおばあさんが、泳《およ》いだり、水《みず》を頭《あたま》からかぶったりするのが好《す》きだとでも、思《おも》うの?」

「ぼくの言《い》うことが、あなたがたには、おわかりにならないんです!」と、アヒルの子《こ》は、言《い》いました。

「ふん、あたしたちにおまえさんの言《い》うことがわからなければ、いったい、だれにならわかるっていうの? あんた、まさか、ネコのだんなさんや、あのおばあさんよりも、自分《じぶん》のほうがりこうだなんて、言《い》うんじゃないだろうね。まあ、あたしは、別《べつ》にしたところでさ! あんまり、なまいきなことを言《い》うんじゃないよ! 子供《こども》のくせに! そんなことばかり言《い》ってないで、まあ、まあ、ひとが親切《しんせつ》にしてくれたことでも、ありがたく思《おも》うんだね。

あんたは、こうして暖《あたた》かい部屋《へや》に入《い》れてもらって、あたしたちの仲間《なかま》に入《い》れてもらったんじゃないか。おまけに、いろんなことまで、教《おし》えてもらったんじゃないの！　それだのに、あんたはまぬけよ！　あたし、あんたなんかとつき合《あ》ってると、おもしろかないわ。だけど、さ、ね！　あたしはあんたのことを思《おも》うからこそ、こんないやなことまで言《い》ってしまうのよ。だから、ほんとのお友《とも》だちというものさ。さあ、さあ、これからは、いっしょうけんめいに、卵《たまご》を生《う》むとか、のどをゴロゴロ鳴《な》らして、火花《ひばな》でも散《ち》らすようにするといいわ！」

「でも、ぼくは、外《そと》の広《ひろ》い世《よ》の中《なか》へ、出《で》ていきたいんです！」と、アヒルの子《こ》は、言《い》いました。

「それなら、かってにおし！」と、ニワトリの奥《おく》さんは、言《い》いました。

そこで、アヒルの子《こ》は出《で》ていきました。そして、楽《たの》しそうに水《みず》の上《うえ》を泳《およ》いだり、水《みず》の中《なか》にもぐったりしました。けれども、姿《すがた》がみにくいために、どの動物《どうぶつ》からも相手《あいて》にされませんでした。

やがて、秋《あき》になりました。森《もり》の木《こ》の葉《は》は、黄色《きいろ》や茶色《ちゃいろ》になりました。強《つよ》い風《かぜ》が吹《ふ》いてくると、木《こ》の葉《は》は、くるくると舞《ま》いあがりました。高《たか》い空《そら》のほうは、寒々《さむざむ》としていました。雲《くも》は、あられや雪《ゆき》をふくんで、どんよりと、たれさがっていました。生垣《いけがき》の上《うえ》には、カラスがとまって、いかにも寒《さむ》そうに、カー、カーと、鳴《な》いていました。考《かんが》えてみただけでも、ぶるぶるっとしそうな寒《さむ》さです。こんなとき、あのアヒルの子《こ》はどうしていたでしょうか。かわいそうに、すっかり弱《よわ》っていました。

ある夕方《ゆうがた》、お日《ひ》さまが、キラキラと美《うつく》しくかがやいて、しずみました。そのとき、アヒルの子《こ》がまだ見《み》たこともないような、美《うつく》しい大《おお》きな鳥《とり》のむれが、茂《しげ》みの中《なか》からとびたちました。みんな、からだじゅうが、かがやくようにまっ白《しろ》で、長《なが》い、しなやかな首《くび》をしています。それは、ハクチョウたちだったのです。ハクチョウのむれは、ふしぎな声《こえ》をあげながら、美《うつく》しい大《おお》きなつばさをひろげて、寒《さむ》いところから暖《あたた》かい国《くに》へいこうと、広《ひろ》い広《ひろ》い海《うみ》をめがけて、とんでいくところでした。ハクチョウたちは、高《たか》く高《たか》くのぼって行《ゆ》きました。

それを見《み》ているうちに、みにくいアヒルの子《こ》は、なんともいえない、ふしぎな気持《きもち》になりました。それで、水《みず》の中《なか》で、車《くるま》の輪《わ》のように、ぐるぐるまわると、首《くび》をハクチョウたちのほうへ高《たか》くのばして、自分《じぶん》でもびっくりするほどの、大《おお》きな、ふしぎな声《こえ》をあげて、さけびました。

ああ、なんという美《うつく》しい鳥《とり》でしょう！　あの美《うつく》しい鳥《とり》、幸福《こうふく》な鳥《とり》を、アヒルの子《こ》は、けっして忘《わす》れることができませんでした。

ハクチョウたちの姿《すがた》が見《み》えなくなると、みにくいアヒルの子《こ》は、水《みず》の底《そこ》までもぐっていきました。けれども、もう一度《いちど》浮《うか》びあがったときには、まるで、むがむちゅうになっていました。アヒルの子《こ》は、あの美《うつく》しい鳥《とり》がなんという名前《なまえ》なのか知《し》りません。そして、どこへとんでいったのかも知《し》りません。けれども、いままでのどんなものよりも、いちばんなつかしく思《おも》われるのです。なんだか、好《す》きで好《す》きでたまらないのです。でも、うらやましいなどとは、すこしも思《おも》いませんでした。アヒルの子《こ》にしてみれば、あんな美《うつく》しい姿《すがた》になろうなんて、どうして願《ねが》うことができましょう。ただ、ほかのアヒルたちが、自分《じぶん》を仲間《なかま》に入《い》れてくれさえすれば、それだけで、どんなにうれしいかしれないのです。——ああ、なんてかわいそうな、みにくいアヒルの子《こ》でしょう!

いよいよ、冬《ふゆ》になりました。ひどい、ひどい寒《さむ》さです。アヒルの子《こ》は、水《みず》の面《おもて》がすっかりこおってしまわないように、ひっきりなしに、泳《およ》ぎまわっていなければなりませんでした。けれども、一晩《ひとばん》、一晩《ひとばん》とたつうちに、泳《およ》ぎまわる場所《ばしょ》が、だんだんせまくなり、小《ちい》さくなりました。

あたりは、まもなく、ミシミシと音《おと》をたてるほど、こおりついてきました。アヒルの子《こ》は、氷《こおり》のために、泳《およ》ぐ場所《ばしょ》をみんなふさがれてしまわないように、しょっちゅう、足《あし》を動《うご》かしていなければなりませんでした。でも、とうとうしまいには、くたびれきって、動《うご》くこともできなくなり、氷《こおり》の中《なか》にとじこめられてしまいました。

つぎの朝早《あさはや》く、ひとりのお百姓《ひゃくしょう》さんが通《とお》りかかって、あわれなアヒルの子《こ》を見《み》つけました。お百姓《ひゃくしょう》さんは、すぐさま、そばへやってきて、木靴《きぐつ》で氷《こおり》をくだいて、家《いえ》のおかみさんのところへ持《も》って帰《かえ》りました。こうして、アヒルの子《こ》は生《い》きかえりました。

お百姓《ひゃくしょう》さんの子《こ》どもたちは、大《おお》よろこびで、アヒルの子《こ》とあそぼうとしました。ところが、アヒルの子《こ》のほうは、またいじめられるにちがいないと思《おも》って、こわくてこわくてたまりません。で、あんまりびくびくしていたものですから、ミルクつぼの中《なか》へとびこんでしまいました。おかげで、ミルクが、部屋《へや》じゅうにとび散《ち》りました。おかみさんは大声《おおごえ》でわめきたてて、両手《りょうて》を高《たか》く上《あ》げて、打《う》ちあわせました。それで、アヒルの子《こ》は、またびっくりしてしまい、今度《こんど》は、バターの入《い》れてある、たるの中《なか》にとびこみました。それから、ムギ粉《こ》のおけの中《なか》へとびこんで、そのあげく、やっとのことで、とび出《だ》してきました。いやはや、たいへんなさわぎです！　おかみさんは、きんきんした声《こえ》でさけびながら、火《ひ》ばしで、アヒルの子《こ》をぶとうとしました。いっぽう、子供《こども》たちは子供《こども》たちで、アヒルの子《こ》をつかまえようとして、ぶつかりっこをしては、笑《わら》ったり、わめいたり。いやもう、たいへんなことになりました！　―

　ところが、ありがたいことに、戸《と》があけはなしになっていました。それを見《み》るが早《はや》いか、アヒルの子《こ》は、いま降《ふ》ったばかりの雪《ゆき》の中《なか》の、茂《しげ》みの中《なか》へ、とびこみました。―そして、まるで冬眠《とうみん》でもしているように、そこに、じっとしていました。

さて、このあわれなアヒルの子《こ》が、きびしい冬《ふゆ》のあいだに、たえしのばなければならなかった、苦《くる》しみや、悲《かな》しみを、みんなお話《はな》ししていれば、あまりにも悲《かな》しくなってしまいます。――やがて、いつのまにか、お日《ひ》さまが、暖《あたた》かくかがやきはじめました。そのころ、アヒルの子《こ》は、まだやっぱり、沼《ぬま》のアシのあいだに、じっとしていました。もう、ヒバリが歌《うた》をうたいはじめました。――いよいよ、すてきな春《はる》になったのです。

そのとき、アヒルの子《こ》は、きゅうに、つばさを羽《は》ばたきました。すると、つばさは前《まえ》よりも強《つよ》く空気《くうき》をうって、からだが、すうっと持《も》ちあがり、らくらくととぶことができました。そして、なにがなんだか、よくわからないうちに、とある大《おお》きな庭《にわ》の中《なか》に来《き》ていました。庭《にわ》には、リンゴの木《き》が美《うつく》しく花《はな》を開《ひら》き、ニワトコはよいにおいをはなって、長《なが》い緑《みどり》の枝《えだ》を、静《しず》かにうねっている掘割《ほりわ》りのほうへ、のばしていました。ああ、ここは、なんて美《うつく》しいのでしょう！　なんて、あたらしい春《はる》のかおりに、みちみちているのでしょう！

そのとき、目《め》の前《まえ》の茂《しげ》みの中《なか》から、三羽《さんわ》の美《うつく》しい、まっ白《しろ》なハクチョウが出《で》てきました。ハクチョウたちは羽《は》ばたきながら、水《みず》の上《うえ》をかろやかに、すべるように、泳《およ》いできました。アヒルの子《こ》は、この美《うつく》しいハクチョウたちを知《し》っていました。そして、いまその姿《すがた》を見《み》ると、なんともいえない、ふしぎな、悲《かな》しい気持《きもち》になりました。

「ぼくは、あの美《うつく》しい、りっぱなハクチョウたちのところへとんでいこう。けれど、ぼくはこんなにみにくいんだから、近《ちか》よっていったりすれば、きっと殺《ころ》されてしまうだろう。でも、いいや。どうせ、ぼくなんかは、ほかのアヒルからはいじめられ、ニワトリからはつっつかれ、えさをくれる娘《むすめ》からは、けとばされるんだもの。それに、冬《ふゆ》になれば、いろんな悲《かな》しいことや、苦《くる》しいことを、がまんしなければならないんだもの。それを思《おも》えば、ハクチョウたちに殺《ころ》されるほうが、どんなにいいかしれやしない」こう思《おも》って、アヒルの子《こ》は水《みず》の上《うえ》にとびおりて、美《うつく》しいハクチョウたちのほうへ、泳《およ》いでいきました。これを見《み》ると、ハクチョウたちは、美《うつく》しく羽《はね》をなびかせながら、近《ちか》づいてきました。

「さあ、ぼくを殺《ころ》してください」と、かわいそうなアヒルの子《こ》は、言《い》いながら、頭《あたま》を水《みず》の上《うえ》にたれて、殺《ころ》されるのを待《ま》ちました。――ところが、すみきった水《みず》の面《おもて》には、いったい、何《なに》が見《み》えたでしょうか？　そこには、自分《じぶん》の姿《すがた》がうつっていました。けれども、それはみにくくて、みんなにいやがられた、かっこうのわるい、あの灰色《はいいろ》の鳥《とり》の姿《すがた》ではありません。それは、美《うつく》しい一羽《いちわ》のハクチョウではありませんか。

そうです。ハクチョウの卵《たまご》からかえったものならば、たとえ鳥小屋《とりごや》で生《う》まれたにしても、やっぱり、りっぱなハクチョウにちがいないのです。

アヒルの子《こ》は、いままでに受《う》けてきた、さまざまの苦《くる》しみや、悲《かな》しみのことを思《おも》うにつけて、いまの幸福《こうふく》を心《こころ》からうれしく思《おも》いました。そして、いまの自分《じぶん》に与《あた》えられている幸福《こうふく》や、すばらしさが、いまはじめてわかりました。ほんとうに、なんてしあわせなことでしょう！ ――大《おお》きなハクチョウたちは、このあたらしいハクチョウのまわりを泳《およ》ぎながら、くちばしで羽《はね》をなでてくれました。

そのとき、小《ちい》さな子供《こども》たちが二《に》、三人《さんにん》、お庭《にわ》の中《なか》へはいってきました。みんなは、パンくずや、ムギのつぶを、水《みず》の中《なか》へ投《な》げてくれました。そのうちに、いちばん小《ちい》さい子《こ》が、大声《おおごえ》でさけびました。

「あっ、あそこに、あたらしいハクチョウがいるよ！」

すると、ほかの子供《こども》たちも、いっしょに、うれしそうな声《こえ》をあげました。

「ほんとだ。あたらしいハクチョウがきた！」

みんなは、手《て》をたたいて、踊《おど》りまわると、おとうさんとおかあさんのところへ駆《か》けていきました。それから、またパンやお菓子《かし》を投《な》げこんでくれました。そして、だれもかれもが、言《い》いました。

「あたらしいハクチョウが、いちばんきれいだね。とても若《わか》くて、美《うつく》しいね」

するると、年上《としうえ》のハクチョウたちが、若《わか》いハクチョウのまえに頭《あたま》をさげました。

若《わか》いハクチョウは、はずかしさでいっぱいになり、どうしてよいかわからなくなって、頭《あたま》をつばさの下《した》にかくしました。ハクチョウは、とてもとても幸福《こうふく》でした。でも、すこしも、いばったりはしませんでした。心《こころ》のすなおなものは、けっして、いばったりはしないものなのです。ハクチョウは、いままで、どんなにみんなから追《お》いかけられたり、ばかにされたりしたかを、思《おも》い出《だ》しました。けれども、いまは、みんなが、自分《じぶん》のことを、美《うつく》しい鳥《とり》の中《なか》でもいちばん美《うつく》しい、と、言《い》ってくれているのです。ニワトコは、水《みず》の上《うえ》のハクチョウのほうへ枝《えだ》をさしのべて、頭《あたま》をさげました。お日《ひ》さまは、それはそれは暖《あたた》かく、やさしく照《て》っていました。ハクチョウは、羽《はね》を美《うつく》しくなびかせて、ほっそりとした首《くび》をまっすぐに起《おこ》しました。そして、心《こころ》の底《そこ》からよろこんで言《い》いました。

「ぼくがみにくいアヒルの子《こ》だったときには、こんなに幸福《こうふく》になれようとは、夢《ゆめ》にも思《おも》わなかった！」

【凡例】

・本編「みにくいアヒルの子」は、青空文庫作成の文字データを使用した。

底本：「マッチ売りの少女　（アンデルセン童話集Ⅲ）」　新潮文庫、新潮社

　　１９６７（昭和42）年12月10日発行

　１９８１（昭和56）年５月30日21刷

入力：チエコ

校正：木下聡

２０１９年11月24日作成

・文字遣いは、青空文庫のデータによる。

・この作品には、今日からみれば不適切と思われる表現が含まれているが、作品の描かれた時代と、作品本来の価値に鑑み、底本のままとした。

・ルビは、青空文庫のものに加えて、新字新仮名のルビを付し、総ルビとした。

・追加したルビには文字遣いの他、読み方など格段の基準は設けていない。

野《の》のはくちょう

ここからは、はるかな国《くに》、冬《ふゆ》がくるとつばめがとんで行《ゆ》くとおい国《くに》に、ひとりの王《おう》さまがありました。王《おう》さまには十一人《じゅういちにん》のむすこと、エリーザというむすめがありました。十一人《じゅういちにん》の男《おとこ》のきょうだいたちは、みんな王子《おうじ》で、胸《むね》に星《ほし》のしるしをつけ、腰《こし》に剣《けん》をつるして、学《がっ》

校《こう》にかよいました。金《きん》のせきばんの上《うえ》に、ダイヤモンドの石筆《せきひつ》で字《じ》をかいて、本《ほん》でよんだことは、そばからあんしょうしました。

この男《おとこ》の子《こ》たちが王子《おうじ》だということは、たれにもすぐわかりました。いもうとのエリーザは、鏡《かがみ》ガラスのちいさな腰掛《こしかけ》に腰《こし》をかけて、ねだんにしたらこの王国《おうこく》の半分《はんぶん》ぐらいもねうちのある絵本《えほん》をみていました。

ああ、このこどもたちはまったくしあわせでした。でもものごとはいつでもおなじようにはいかないものです。

この国《くに》のこらずの王《おう》さまであったおとうさまは、わるいお妃《きさき》と結婚《けっこん》なさいました。このお妃《きさき》がまるでこどもたちをかわいがらないことは、もうはじめてあったその日《ひ》からわかりました。ご殿《てん》じゅうこぞって、たいそうなお祝《いわい》の宴会《えんかい》がありました。こどもたちは「お客《きゃく》さまごっこ」をしてあそんでいました。でも、いつもしていたように、こどもたちはお菓子《かし》や焼《や》きりんごをたくさんいただくことができませんでした。そのかわりにお茶《ちゃ》わんのなかに砂《すな》を入《い》れて、それをごちそうにしてあそびといいつけられました。

その次《つぎ》の週《しゅう》には、お妃《きさき》はちいちゃないもうと姫《ひめ》のエリーザを、いなかへ連《つ》れていって、お百姓《ひゃくしょう》の夫婦《ふうふ》にあずけました。そうしてまもなくお妃《きさき》はかえって来《き》て、こんどは王子《おうじ》たちのことでいろいろありもしないことを、王《おう》さまにいいつけました。王《おう》さまも、それでもう王子《おうじ》たちをおかまいにならなくなりました。

「どこの世界《せかい》へでもとんでいって、おまえたち、じぶんでたべていくがいい。」と、わるいお妃《きさき》はいいました。「声《こえ》のでない大《おお》きな鳥《とり》にでもなって、とんでいってしまい。」

でも、さすがにお妃《きさき》ののろったほどのひどいことにも、なりませんでした。王子《おうじ》たちは十一《じゅういち》羽《わ》のみごとな野《の》の白鳥《はくちょう》になったのです。きみょうななき声《ごえ》をたてて、このはくちょうたちは、ご殿《てん》の窓《まど》をぬけて、おにわを越《こ》して、森《もり》を越《こ》して、とんでいってしまいました。

さて、夜《よる》のすっかり明《あ》けきらないまえ、はくちょうたちは、妹《いもうと》のエリーザが、百姓家《ひゃくしょうや》のへやのなかで眠《ねむ》っているところへ来《き》ました。ここまできて、はくちょうたちは屋根《やね》の上《うえ》をとびまわって、ながい首《くび》をまげて、羽根《はね》をばたばたやりました。でも、たれもその声《こえ》をきいたものもなければ、その姿《すがた》をみたものもありませんでした。はくちょうたちは、しかたがないので、また、どこまでもとんでいきました。上《うえ》へ上《うえ》へと、雲《くも》のなかまでとんでいきました。とおくとおく、ひろい世界《せかい》のはてまでもとんでいきました。やがて、海《うみ》ばたまでずっとつづいている大《おお》きなくろい森《もり》のなかまでも、はいっていきました。

かわいそうに、ちいさいエリーザは百姓家《ひゃくしょうや》のひと間《ま》にぽつねんとひとりでいて、ほかになにもおもちゃにするものがありませんでしたから、一枚《いちまい》の青《あお》い葉《は》ッぱをおもちゃにしていました。そして、葉《は》のなかに孔《あな》をぽつんとあけて、その孔《あな》からお日《ひ》さまをのぞきました。それはおにいさまたちのすんだきれいな目《め》をみるような気《き》がしました。あたたかいお日《ひ》さまがほおにあたるたんびに、おにいさまたちがこれまでにしてくれた、のこらずのせっぷんをおもい出《だ》しました。

きょうもきのうのように、毎日《まいにち》、毎日《まいにち》、すぎていきました。家《いえ》のぐるりのいけ垣《がき》を吹《ふ》いて、風《かぜ》がとおっていくとき、風《かぜ》はそっとばら・・にむかってささやきました。

「おまえさんたちよりも、もっときれいなものがあるかしら。」

けれどもばら・・は首《くび》をふって、

「エリーザがいますよ。」とこたえました。

それからこのうちのおばあさんは、日曜日《にちようび》にはエリーザのへやの戸口《とぐち》に立《た》って、さんび歌《か》の本《ほん》を読《よ》みました。

そのとき、風《かぜ》は本《ほん》のページをめくりながら、本《ほん》にむかって、

「おまえさんたちよりも、もっと信心《しんじん》ぶかいものがあるかしら。」といいました。するとさんび歌《か》の本《ほん》が、「エリーザがいますよ。」とこたえました。そうしてば・ら・の花《はな》やさんび歌《か》の本《ほん》のいったことはほんとうのことでした。

このむすめが十五《じゅうご》になったとき、またご殿《てん》にかえることになっていました。けれどお妃《きさき》はエリーザのほんとうにうつくしい姿《すがた》をみると、もうねたましくも、にくらしくもなりました。いっそおにいさんたち同様《どうよう》、野《の》のはくちょうにかえてしまいたいとおもいました。けれども王《おう》さまが王女《おうじょ》にあいたいというものですから、さすがにすぐとはそれをすることもできずにいました。

朝早《あさはや》く、お妃《きさき》はお湯《ゆ》にはいりにいきます。お湯殿《ゆどの》は大《だい》理石《りせき》でできていて、やわらかなしとねと、それこそ目《め》がさめるようにりっぱな敷物《しきもの》がそなえてありました。そのとき、お妃《きさき》はどこからか三《さん》びき、ひきがえるをつかまえてきて、それをだいて、ほおずりしてやりながら、まずはじめのひきがえるにこういいました。

「エリーザがお湯《ゆ》にはいりに来《き》たら、あたまの上《うえ》にのっておやり。そうすると、あの子《こ》はおまえのようなばかになるだろうよ――。」

それから二《に》ひきめのひきがえるにむかって、こういいました。

「あの子《こ》のひたいにのっておやり、そうするとあの子《こ》は、おまえのようなみっともない顔《かお》になって、もう、おとうさまにだって見分《みわ》けがつかなくなるだろうよ—。」

それから、三《さん》びきめのひきがえるにささやきました「あの子《こ》の胸《むね》の上《うえ》にのっておやり。そうすると、あの子《こ》にわるい性根《しょうね》がうつって、そのためくるしいめにあうだろうよ。」

こういって、お妃《きさき》は、三《さん》びきのひきがえるを、きれいなお湯《ゆ》のなかにはなしますと、お湯《ゆ》は、たちまち、どろんとしたみどり色《いろ》にかわりました。そこでエリーザをよんで、着物《きもの》をぬがせて、お湯《ゆ》のなかにはいらせました。エリーザがお湯《ゆ》につかりますと、一《いっ》ぴきのひきがえるは髪《かみ》の上《うえ》にのりました。二《に》ひきめのひきがえるはひたいの上《うえ》にのりました。三《さん》びきめのひきがえるは胸《むね》の上《うえ》にのりました。けれどもエリーザはそれに気《き》がつかないようでした。やがて、エリーザがお湯《ゆ》から上《あ》がると、すぐあとにまっかなけしの花《はな》が三《さん》りん、ぽっかり水《みず》の上《うえ》に浮《う》いていました。このひきがえるどもが、毒虫《どくむし》でなかったなら、そうしてあの魔女《まじょ》の妃《きさき》がほおずりしておかなかったら、それは赤《あか》いばら・・の花《はな》にかわるところでした。でも、毒《どく》があっても、ほおずりしておいても、とにかくひきがえるが花《はな》になったのは、むすめのあたまやひたいや胸《むね》の上《うえ》にのったおかげでした。このむすめはあんまり心《こころ》がよすぎて、罪《つみ》がなさすぎて、とても魔法《まほう》の力《ちから》にはおよばなかったのです。

どこまでもいじのわるいお妃《きさき》は、それをみると、こんどはエリーザのからだをくるみの汁《しる》でこすりました。それはこの王女《おうじょ》を土色《つちいろ》によごすためでした。そうして顔《かお》にいやなにおいのする油《あぶら》をぬって、うつくしい髪《かみ》の毛《け》も、もじゃもじゃにふりみださせました。これでもう、あのかわいらしいエリーザのおもかげは、どこにもみられなくなりました。

ですから、おとうさまは王女《おうじょ》をみると、すっかりおどろいてしまいました。そうして、こんなものはむすめではないといいました。もうたれも見分《みわ》けるものはありません。知《し》っているのは、裏庭《うらにわ》にねている犬《いぬ》と、のきのつばめだけでしたが、これはなんにもものいえない、かわいそうな鳥《とり》けものどもでした。

そのとき、かわいそうなエリーザは、泣《な》きながら、のこらずいなくなってしまったおにいさまたちのことをかんがえだしました。みるもいたいたしいようすで、エリーザは、お城《しろ》から、そっとぬけだしました。野《の》といわず、沢《さわ》といわず、まる一日《いちにち》あるきつづけて、とうとう、大《おお》きな森《もり》にでました。じぶんでもどこへ行《ゆ》くつもりなのかわかりません。ただもうがっかりしてつかれきって、おにいさまたちのゆくえを知《し》りたいとばかりおもっていました。きっとおにいさまたちも、じぶんと同様《どうよう》に、どこかの世界《せかい》にほうりだされてしまったのだろう、どうかしてゆくえをさがして、めぐり逢《あ》いたいものだとおもいました。

ほんのしばらくいるうちに、森《もり》のなかはもうとっぷり暮《く》れて、夜《よる》になりました。まるで道《みち》がわからなくなってしまったので、エリーザはやわらかな苔《こけ》の上《うえ》に横《よこ》になって、晩《ばん》のお祈《いのり》をとなえながら、一本《いっぽん》の木《き》の株《かぶ》にあたまを寄《よ》せかけました。あたりはしんとしずまりかえって、おだやかな空気《くうき》につつまれていました。草《くさ》のなかにも草《くさ》の上《うえ》にも、なん百《びゃく》とないほたるが、みどり色《いろ》の火《ひ》ににた光《ひかり》をぴかぴかさせていました。ちょいとかるく一本《いっぽん》の枝《えだ》に手《て》をさわっても、この夜《よる》ひかる虫《むし》は、ながれ星《ぼし》のようにばらばらと落《お》ちて来《き》ました。

ひと晩《ばん》じゅう、エリーザは、おにいさまたちのことを夢《ゆめ》にみました。みんなはまだむかしのとおりのこども同《どう》士《し》で、金《きん》のせきばんの上《うえ》にダイヤモンドの石筆《せきひつ》で字《じ》をかいたり、王国《おうこく》の半分《はんぶん》もねうちのあるりっぱな絵本《えほん》をみたりしていました。でも、せきばんの上《うえ》にかいているものは、いつもの零《れい》や線《せん》ではありません。みんながしてきた、りっぱな行《おこな》いや、みんながみたりおぼえたりしたいろいろのことでした。それから、絵本《えほん》のなかのものは、なにもかも生《い》きていて、小鳥《ことり》たちは歌《うた》をうたうし、いろんな人《ひと》が本《ほん》からぬけてでて来《き》て、エリーザやおにいさまたちと話《はなし》をしました。でもページをめくるとぬけだしたものは、すぐまたもとへとんでかえっていきますから、こんざつしてさわぐというようなことはありませんでした。

エリーザが目《め》をさましたとき、お日《ひ》さまは、もうとうに高《たか》い空《そら》にのぼっていました。でも高《たか》い木立《こだち》が、あたまの上《うえ》で枝《えだ》をいっぱいひろげていましたから、それをみることができませんでした。ただ光《ひかり》が金《きん》の紗《しゃ》のきれを織《お》るように、上《うえ》からちらちら落《お》ちて来《き》て、若《わか》いみどりの草《くさ》のにおいがぷんとかおりました。小鳥《ことり》たちは肩《かた》のうえにすれすれにとまるようにしました。水《みず》のしゃあしゃあながれる音《おと》もきこえました。これはこのへんにたくさんの泉《いずみ》があって、みんな底《そこ》にきれいな砂《すな》のみえているみずうみのなかへながれこんでいくのです。みずうみはふかいやぶにかこまれていましたが、そのうち一箇所《いっかしょ》に、しかが大《おお》きなではいり口《ぐち》をこしらえました。エリーザはそこからぬけて、みずうみのふちまでいきました。みずうみはほんとうにあかるくきれいにすみきっていて、風《かぜ》がやぶや木《き》の枝《えだ》をふいてうごかさなければ、そこにうつる影《かげ》は、まるで、みずうみの底《そこ》にかいてある絵《え》のようにみえました。

そこには一枚一枚《いちまいいちまい》の葉《は》が、それはお日《ひ》さまが上《うえ》から照《て》っているときでも、かげになっているときでも、おなじようにはっきりとうつって、すんでみえました。

エリーザは水《みず》に顔《かお》をうつしてみて、びっくりしました。それは土色《つちいろ》をしたみにくい顔《かお》でした。でも水《みず》で手《て》をぬらして、目《め》やひたいをこすりますと、まっ白《しろ》なはだがまたかがやきだしました。そこで着物《きもの》をぬいで、きれいな水《みず》のなかにはいっていきました。もうこのむすめよりうつくしい王《おう》さまのむすめは、この世界《せかい》にふたりとはありませんでした。それから、また着物《きもの》を着《き》て、ながい髪《かみ》の毛《け》をもとのように編《あ》んでから、こんどはそこにふきだしている泉《いずみ》のところへいって、手《て》のひらに水《みず》をうけてのみました。それからまた、どこへいくというあてもなしに、森《もり》のなかをさらに奥《おく》ぶかく、さまよいあるきました。エリーザはなつかしいおにいさまたちのことをかんがえました。けっしておみすてにならない神《かみ》さまのことをおもいました。ほんとうに神《かみ》さまは、そこへ野生《やせい》のりんごの木《き》をならせて、空腹《くうふく》をしのがせてくださいました。神《かみ》さまはエリーザに、なかでもいっぱいなったりんごの実《み》のおもみで、しなっている木《き》をおみせになりました。そこでエリーザはたっぷりおひるをすませて、りんごのしなった枝《えだ》につっかい棒《ぼう》をかってやりました。それからまた、森《もり》のいちばん暗《くら》い奥《おく》の奥《おく》にはいっていきました。それはじつにしずかで、あるいて行《ゆ》くじぶんの足音《あしおと》もきこえるくらいでしたし、足《あし》の下《した》で枯《か》れッ葉《ぱ》のかさこそくずれる音《おと》もきこえました。一羽《いちわ》の鳥《とり》の姿《すがた》もみえませんでした。ひとすじの日《ひ》の光《ひかり》も暗《くら》い木立《こだち》のなかからさしこんでは来《き》ませんでした。高《たか》い樹《き》の幹《みき》が押《お》しあってならんでいて、まえをみると、まるで垣根《かきね》がいくえにも結《むす》ばれているような気《き》がしました。ああ、これこそうまれてまだ知《し》らなかったさびしさでした。

すっかりくらい夜《よる》になりました。もう一《いっ》ぴきのほたるも草《くさ》のなかに光《ひか》ってはいませんでした。わびしいおもいでエリーザは横《よこ》になって眠《ねむ》りました。すると、木木《きぎ》の枝《えだ》があたまの上《うえ》で分《わ》かれて、そのあいだから、やさしい神《かみ》さまの目《め》が、空《そら》のうえからみておいでになるようにおもいました。そうして、そのおつむりのへんに、またはお腕《うで》のあいだから、かわいらしい天使《てんし》がのぞいているようにおもわれました。

朝《あさ》になっても、ほんとうに朝《あさ》になったのか、夢《ゆめ》をみているのか、わかりませんでした。エリーザはふた足《あし》三足《みあし》いきますと、むこうからひとりのおばあさんが、かごのなかに木《き》いちごを入《い》れてもってくるのにであいました。おばあさんは木《き》いちごをふたつ三《みっ》つだしてくれました。エリーザはおばあさんに、十一人《じゅういちにん》の王子《おうじ》が馬《うま》にのって、森《もり》のなかを通《とお》っていかなかったかとたずねました。

「いいえ。」と、おばあさんがこたえました。「だが、きのう、あたしは十一羽《じゅういちわ》のはくちょうが、めいめいあたまに金《きん》のかんむりをのせて、すぐそばの川《かわ》でおよいでいるところをみましたよ。」

そこで、おばあさんはエリーザをつれて、すこしさきの坂《さか》になったところまで案内《あんない》しました。その坂《さか》の下《した》にちいさな川《かわ》がうねってながれていました。その川《かわ》のふちには、木立《こだち》が長《なが》い葉《は》のしげった枝《えだ》と枝《えだ》とをおたがいにさしかわしていました。しぜんのままにのびただけでは、葉《は》がまざり合《あ》うまでになれないところには、木《き》の根《ね》が、地《ち》のなかから裂《さ》けてでて、枝《えだ》とをからまり合《あ》いながら、水《みず》の上《うえ》にたれていました。

エリーザはおばあさんに「さようなら」をいうと、ながれについて、この川口《かわぐち》が広《ひろ》い海《うみ》へながれ出《だ》している所《ところ》まで下《くだ》っていきました。

大《おお》きなすばらしい海《うみ》が、むすめの目《め》のまえにあらわれました。けれどひとつの帆《ほ》もそのおもてにはみえてはいませんでした。いっそうの小舟《こぶね》もそのうえにうかんではいませんでした。どうしてそれからさきへすすみましょう。王女《おうじょ》は、浜《はま》のうえに、数《かず》しらずころがっている小石《こいし》をながめました。水《みず》がその小石《こいし》をどれもまるくすりへらしていました。ガラスでも、鉄《てつ》くずでも、石《いし》でも、そこらにあるものは、王女《おうじょ》のやわらかな手《て》よりももっとやわらかな水《みず》のために、かたちをかえられていました。

「波《なみ》はあきずに巻《ま》きかえっている。それで堅《かた》いものでもいつかすべっこくなる。わたしもそのとおりあきずにいつまでもやりましょう。あとからあとからきれいに寄《よ》せてくる波《なみ》よ。おまえにいいことを教《おし》えてもらってよ。なんだかいつか、おまえたちのおかげでおにいさまたちのところへつれて行《い》ってもらえるような気《き》がするわ。」

うちよせられた海草《かいそう》の上《うえ》に、白《しろ》いはくちょうの羽根《はね》が十一枚《じゅういちまい》のこっていました。それをエリーザは花《はな》たばにしてあつめました。その羽根《はね》の上《うえ》には、水《みず》のしずくがたれていました。それは露《つゆ》の玉《たま》か、涙《なみだ》のしずくかわかりません。浜《はま》の上《うえ》はいかにもさびしいものでした。けれど大《たい》海《かい》のけしきが、いっときもおなじようでなく、しじゅうそれからそれとかわるので、さほどさびしいともかんじませんでした。それは二三時間《にさんじかん》のあいだに、おだやかな陸《りく》にかこまれた内海《うちうみ》が一年《いちねん》かかってするよりも、もっとたくさんの変化《へんか》をみせました。するうち、まっくろな大《おお》きな雲《くも》がでて来《き》ました。海《うみ》も「おれだってむずかしい顔《かお》をするぞ。」というようにおもわれました。やがて風《かぜ》が吹《ふ》きだして、波《なみ》が白《しろ》い横腹《よこばら》をうえに向《む》けました。でも雲《くも》がまっ赤《か》にかがやきだして、風《かぜ》がぴったりとまると、海《うみ》は、ば・ら・の花《はな》びらのようにみえました。それからまた青《あお》くなったり白《しろ》くなったりしました。でもいかほど海《うみ》がおだやかにないでも、やはり浜辺《はまべ》にはいつもさざなみがゆれていました。海《うみ》の水《みず》はねむっているこどもの胸《むね》のように、やさしくふくれあがりました。

お日《ひ》さまがちょうどしずもうとしたとき、十一羽《じゅういちわ》の野《の》のはくちょうが、めいめいあたまに金《きん》のかんむりをのせて、おかのほうへとんでくるところをエリーザはみました。一羽《いちわ》また一羽《いちわ》と、あとからあとから行儀《ぎょうぎ》よくつづいてくるのでそれはただひとすじながくしろい帯《おび》をひいてとるようにみえました。そのときエリーザは坂《さか》にあがって、そっとやぶかげにかくれました。はくちょうたちは、すぐそのそばへおりて来《き》て、大《おお》きな白《しろ》いつばさをばたばたやりました。いよいよお日《ひ》さまが海《うみ》のなかにしずんでしまうと、とたんに、はくちょうの羽根《はね》がぱったりおちて、十一人《じゅういちにん》のりっぱな王子《おうじ》たちが、エリーザのおにいさまたちが、そこに立《た》ちました。エリーザはおもわず、あッと大《おお》きなさけび声《ごえ》をたてました。それはおにいさまたちはずいぶん、せんとかわっていました。けれど、やはりそれにちがいないことが、すぐとわかったからでした。そこでみんなの腕《うで》のなかにとびこんでいって、ひとりひとり、名《な》まえをよびました。王子《おうじ》たちは、そうして王女《おうじょ》がまたでて来《き》たのをみて、それはもうせいも高《たか》くなり、きりょうもずっとうつくしくなってはいましたけれど、じぶんたちのいもうとということがわかって、いいようもなくうれしくおもいました。みんなは泣《な》いたりわらったりしました、そうして、こんどのおかあさまが、きょうだいのこらずに、どんなにひどいことをしたか、おたがいの話《はなし》でやがてわかりました。

「ぼくたちきょうだいはね、」と、いちばん上《うえ》のおにいさまがいいました。「みんな、お日《ひ》さまが空《そら》にでているあいだ、はくちょうになってとびまわるが、お日《ひ》さまがしずむといっしょに、また人間《にんげん》のかたちにかえるのだよ。だから、しじゅう気《き》をつけて、お日《ひ》さまがしずむころまでには、どこかに、かならず足《あし》を休《やす》める場所《ばしょ》をみつ

けておかなければならないのさ。それをしないで、うかうか雲《くも》のほうへとんで行《ゆ》けば、たちまち人間《にんげん》とかわって、海《うみ》の底《そこ》へしずまなければならないのだよ。わたしたちはここに住《す》んでいるのではない。海《うみ》のむこうに、ここと同《どう》様《よう》、きれいな国《くに》がある。でもそこまでいく道《みち》はとても長《なが》くて、ひろい海《うみ》のうえをわたっていかなければならない。その途中《とちゅう》には夜《よ》をあかす島《しま》もない。ただちいさな岩《いわ》がひとつ海《うみ》のなかにつきでているだけだ。でもどうやら、そこにはみんながくっつき合《あ》ってすわるだけのひろさはある。海《うみ》が荒《あ》れているときには、波《なみ》がかぶさってくるが、それでも、その岩《いわ》のあるのがどのくらいありがたいかしれない。そこでぼくたち、夜《よる》だけ、人間《にんげん》のかたちになって明《あ》かすのだからね。まったくこの岩《いわ》でもなかったら、ぼくたちは、好《す》きなふるさとへかえることができないだろう。なにしろ、そこまでいくのは一年《いちねん》のなかでもいちばん長《なが》い日《ひ》を、二日分《ふつかぶん》とばなければならないのだからね。一年《いちねん》にたったいっぺん、ふるさとの国《くに》をたずねることがゆるされている。そうして、十一日《じゅういちにち》のあいだここにとどまっていて、この大《おお》きな森《もり》のうえをとびまわる。まあ、この森《もり》のうえから、ぼくたちのうまれたおとうさまの御《ご》殿《てん》もみえるし、おかあさまのうめられていらっしゃるお寺《てら》の塔《とう》もみえるというわけさ。——だからこのあたりのものは、やぶでも木立《こだち》でも、ぼくたちの親類《しんるい》のようにおもわれる。ここでは野馬《のうま》がこどものじぶんみたとおり草原《そうげん》をはしりまわっている。炭焼《すみやき》までが、ぼくたちがむかし、そのふしにあわせておどったとおりの歌《うた》をいまでもうたう。ここにぼくたちのうまれた国《くに》があるのだ。どうしてもここへぼくたちは心《こころ》がひかれるのだ。そうしてここへ来《き》たおかげで、とうとう、かわいいいもうとのおまえをみつけたのだ。もう二日《ふつか》、ぼくたちはここにいることができる。それからまた海《うみ》をわたってむこうのうつくしい国《くに》へいかなければならない。けれどもそこはぼくたちのうまれた国《くに》ではないのだ。でもどうしたらおまえをつれていけようね。ぼくたちには船《ふね》もないし、ボートもないのだからね。」

「どうしたらわたしは、おにいさんたちをたすけて、もとの姿《すがた》にかえして上《あ》げることができるでしょうね。」と、いもうともいいました。こうしてきょうだいは、ひと晩《ばん》じゅう話《はなし》をして、ほんの二《に》、三時間《さんじかん》うとうとしただけでした。

エリーザはふと、あたまの上《うえ》ではくちょうの翼《つばさ》がばさばさ鳴《な》る音《おと》で目《め》がさめました。きょうだいたちはまた姿《すがた》を変《か》えられていました。やがてみんなは大《おお》きな輪《わ》をつくってとんでいきました。けれどもそのなかでひとり、いちばん年下《としした》のおにいさまだけが、あとにのこっていました。そのはくちょうは、あたまを、いもうとのひざのうえにのせていました。こうして、まる一日《いちにち》、ふたりはいっしょになっていました。夕方《ゆうがた》になると、ほかのおにいさまたちがかえって来《き》ました。やがて、お日《ひ》さまがしずむと、みんなまたあたりまえのすがたにかえりました。

「あしたはここからとんでいって、こんどはまる一年《いちねん》たつまでかえってくることはできない。でもおまえをこのままここへおくことはどうしたってできない。おまえ、わたしたちといっしょに行《ゆ》く勇気《ゆうき》があるかい。わたしたち、腕一本《うでいっぽん》でも、おまえをかかえて、この森《もり》を越《こ》すだけの力《ちから》はある。だからみんなのつばさを合《あ》わせたら、海《うみ》のうえをはこんでわたれないことはなかろう。」

「ええ、ぜひつれていってください。」と、エリーザはいいました。

そこでひと晩《ばん》じゅうかかって、みんなしてよくしなうかわやなぎの木《き》の皮《かわ》と、強《つよ》いあしとで網《あみ》を織《お》りました。それは大《おお》きくて丈夫《じょうぶ》にできました。この網《あみ》のうえにエリーザは横《よこ》になりました。やがてお日《ひ》さまがのぼると、おにいさまたちははくちょうのすがたに変《かわ》って、てんでんくちばしで網《あみ》のさきをくわえました。そうして、まだすやすやねむっている、かわいいいもうとをのせたまま、雲《くも》のうえたかくとんでいきました。ちょうどお日《ひ》さまの光《ひかり》が顔《かお》にあたるものですから、一羽《いちわ》のはくちょうは、いもうとのあたまのうえでとんでやって、その大《おお》きなつばさでかげをこしらえてやりました。——

やがてエリーザが目《め》をさましたじぶんには、もうずいぶんとおくへ来《き》ていました。エリーザはまるで夢《ゆめ》をみているような気持《きもち》でした。空《そら》を通《とお》って、海《うみ》を越《こ》えて、高《たか》くはこばれて行《ゆ》くということが、どんなにふしぎにおもわれたことでしょう。すぐそばには、おいしそうにじゅくしたいちごの実《み》をつけたひと枝《えだ》と、いいかおりのする木《き》の根《ね》がひと束《たば》おいてありました。それらはあのいちばん年《とし》の若《わか》いおにいさまが、取《と》って来《き》てくれたものでした。いもうとはそのおにいさまのはくちょうをみつけて、下《した》からにっこり、うれしそうにわらいかけました。あたまの上《うえ》をとんで、つばさでかげをつくっていてくれているのも、このおにいさまでした。

もうずいぶん高《たか》くとんで、はじめ下《した》でみつけた大《おお》きな船《ふね》は、いつか白《しろ》いかもめのように、ぼっつり水《みず》のうえに浮《う》いていました。ひとかたまりの大《おお》きな雲《くも》が、すぐうしろにぬっとあらわれましたが、それはどこからみても、ほんとうの山《やま》でした。その雲《くも》の山《やま》に、エリーザはじぶんの影《かげ》や十一羽《じゅういちわ》のはくちょうの影《かげ》がうつるのをみました。

みんな、それこそ見上《みあ》げるような大《おお》きな鳥《とり》になってとんでいました。まったくみたこともないすばらしい影《かげ》でした。でもお日《ひ》さまがずんずん高《たか》くのぼって、雲《くも》がずっとうしろに取《と》りのこされると、その影《かげ》のようにうかんでいる絵《え》が消《き》えてなくなりました。

まる一日《いちにち》、はくちょうたちは、空《そら》のなかを、かぶら矢《や》のようにうなってとびつづけました。

でもなにしろ、いもうとひとりつれているのですから、おくれがちで、いつものようにはとべません。するうち、いやなお天気《てんき》になって来《き》て、夕暮《ゆうぐれ》もせまって来《き》ました。エリーザはしずみかけているお日《ひ》さまをながめて、まだ海《うみ》のなかにさびしく立《た》っている岩《いわ》というのが目《め》にはいらないものですから、心配《しんぱい》そうな顔《かお》をしていました。はくちょうたちがよけいはげしく羽《は》ばたきしはじめたようにおもわれました。ああ、おにいさまたちみんなが、おもいきって早《はや》くとぶこともできないのは、エリーザのためだったのです。やがてお日《ひ》さまがしずむと、みんなは人《にん》間《げん》にかえって滝《たき》のなかに落《お》ちておぼれなければなりません。そのとき、エリーザはこころの底《そこ》から、お祈《いの》りのことばをとなえました。でもまだ岩《いわ》はみつかりません。まっくろな雲《くも》がむくむく近《ちか》よって来《き》ました。やがてそれは大《おお》きなきみわるく黒《くろ》い雲《くも》の山《やま》になって、まるで、鉛《なまり》のかたまりがころがってくるようでした。ぴかりぴかり稲妻《いなづま》が、しきりなしに光《ひか》りだして来《き》ました。

いよいよお日《ひ》さまが海《うみ》のきわまで落《お》ちかけて来《き》ました。エリーザの胸《むね》は、わなわなふるえました。そのときはくちょうたちは、まっしぐらに、まるで、さかさになって落《お》ちくだるいきおいでおりて行《ゆ》きました。はっとおもうとたん、またふと浮《う》きあがりました。お日《ひ》さまは、半分《はんぶん》もう水《みず》の下《した》にかくれました。でも、そのときはじめて目《め》の下《した》に小《ちい》さい岩《いわ》をみつけました。それはあざら・・・しというけものはこんなものかとおもわれるほどの大《おお》きさで、水《みず》のうえにちょっぴり顔《かお》をだしていました。お日《ひ》さまはみるみる沈《しず》んでいきました。とうとうそれがほんの星《ほし》ぐらいにちいさくみえたとき、エリーザの足《あし》はしっかりと大地《だいち》につきました。

お日《ひ》さまは紙《かみ》きれが燃《も》えきれて、さいごにのこった火《ひ》花《ばな》のようにみえてふと消《き》えてしまいました。おにいさまたちは、手《て》をとりあってエリーザのまわりに立《た》っていました。でも、それだけしか場所《ばしょ》はなかったのです。波《なみ》はたえず岩《いわ》にぶつかって、しぶきのようにエリーザのあたまにふりそそぎました。空《そら》はしっきりなしにあかあかともえる火《ひ》で光《ひか》って、ごろごろ、ごろごろ、たえず音《おと》がして、かみなりはなりつづきました。でも、きょうだいおたちがいにしっかりと手《て》をとりあって、さんび歌《か》をうたいますと、それがなぐさめにもなり、げんきもついて来《き》ました。明《あ》け方《がた》のうすあかりでみると、空気《くうき》はすみきって風《かぜ》もおだやかでした。お日《ひ》さまがのぼるとすぐ、はくちょうたちはエリーザをつれて、この島《しま》をぱっととび立《た》ちました。海《うみ》はまだすごい波《なみ》が立《た》っていました。やがて高《たか》く舞《ま》い上《あ》がって、下《した》をみると、紺青《こんじょう》の海《うみ》のうえに立《た》つ白《しろ》いあわは、なん百万《びゃくまん》と知《し》れないはくちょうが、水《みず》のうえでおよいでいるようでした。

お日《ひ》さまがいよいよ高《たか》く高《たか》くのぼったとき、エリーザは目《め》のまえに、山《やま》ばかりの国《くに》が半分空《はんぶんそら》のうえに浮《う》いているのをみつけました。その山《やま》のいただきには、まっしろに光《ひか》る氷《こおり》のかたまりがそびえ、そのまんなかに、なんマイルもあろうとおもわれるお城《しろ》が立《た》っていて、そのまわりにきらびやかな柱《はしら》がいくつもいくつもならんでいました。エリーザはこれがみんなのいこうとする国《くに》なのかとたずねました。けれどはくちょうたちは首《くび》をふりました。なぜというにエリーザの今《いま》みたのは、しんきろう・・・・といってりっぱに見《み》えても、それはたえずかわっている雲《くも》のお城《しろ》で、人《ひと》のいけるところではなかったのです。なるほどエリーザがみつめているうちに、山《やま》も林《はやし》もお城《しろ》もくずれてしまって、そのかわりに、こんどは、どれもおなじようなりっぱなお寺《てら》が、二十《にじゅう》も高《たか》い塔《とう》やとがった窓《まど》をならべていました。なんだかそこからオルガンがひびいてくるような気《き》がしましたが、でもそれは海鳴《うみな》りの音《おと》をききちがえたものでした。やがてお寺《てら》のすぐそばまでいきますと、みるみるそれは艦隊《かんたい》になって、海《うみ》をわたっていきました。でもよくながめると、それもただ海《うみ》の上《うえ》を霧《きり》がはっているだけでした。そんなふうに、しじゅう目《め》のまえにかわったまぼろしを見《み》ながらとんでいくうちに、とうとう目《め》ざすほんものの国《くに》をみつけました。そこには、うつくしい青《あお》い山《やま》がそびえて、すぎ林《ばやし》が茂《しげ》って、町《まち》もあり、お城《しろ》もありました。お日《ひ》さまがまだ高《たか》いうちに、大《おお》きなほら穴《あな》のまえの岩《いわ》のうえにおりました。そこにはやわらかなみどり色《いろ》のつる草《くさ》が、縫《ぬ》いとりした壁《かべ》かけのようにうつくしくからんでいました。

「さあ、ここで、今夜《こんや》はおまえもどんな夢《ゆめ》をみるだろうね。」と、末《すえ》のおにいさまがいって、いもうとのねべやをみせてくれました。

「どうか、神《かみ》さまが夢《ゆめ》で、どうしたらおにいさまたちをすくって、もとの姿《すがた》にかえしてあげられるかおしえてくださるといいのですわ――。」と、いもうとはこたえました。

このかんがえが、しっきりなし、エリーザの心《こころ》にはたらいていました。それでエリーザは神《かみ》さまのお助《たす》けを熱《ねっ》心《しん》にいのりました。それはねむっているあいだもいのりつづけました。するうち、エリーザはたかく空《そら》のうえに舞《ま》い上《あ》がって、しんきろうの雲《くも》のお城《しろ》までもとんでいったようにおもいました。すると、うつくしいかがやくような妖女《ようじょ》がひとり、おむかえにでて来《き》ました。ところでその妖女《ようじょ》が、あの森《もり》のなかでいちごの実《み》をくれて、金《きん》のかんむりをあたまにのせたはくちょうの話《はなし》をしてくれたおばあさんによくにていました。

「おにいさまたちは、もとの姿《すがた》にもどれるだろうよ。」

と、その妖女《ようじょ》はいいました。「でも、おまえさんにそこまでの勇気《ゆうき》と辛抱《しんぼう》があるかい。ほんとうに、水《みず》はおまえのきゃしゃな手《て》よりもやわらかだ。けれどもあのとおり石《いし》のかたちを変《か》える。でもそれをするには、おまえさんの指《ゆび》がかんじるような痛《いた》みをかんじるわけではない。あれには心《こころ》がない。おまえさんがこらえなければならないような苦《くる》しみをうけることもない。だからおまえさん、そら、あたしが手《て》に持《も》っているイラクサをごらん。こういう草《くさ》はおまえさんが眠《ねむ》っているほら穴《あな》のぐるりにもたくさん生《は》えているのだよ。その草《くさ》と、お寺《てら》の墓地《ぼち》に生《は》えているイラクサだけがいまおまえさんの役《やく》に立《た》つのだからね。それは、おまえさんの手《て》をひどく刺《さ》して、火《ひ》ぶくれにするほど痛《いた》かろうけれど、がまんして摘《つ》みとらなければならないだよ。そのイラクサをおまえさんの足《あし》で踏《ふ》みちぎって、それを麻《あさ》のかわりにして、それでおまえさんは長《なが》いそでのついたくさりかたびらを十一《じゅういち》枚《まい》編《あ》まなければならない。そうしてそれを十一《じゅういち》羽《わ》のはくちょうに投《な》げかければ、それで魔法《まほう》はやぶれるのだよ。でもよくおぼえておいでなさい。おまえさんがそのしごとをはじめたときから、それができ上《あ》がるまで、それはなん年《ねん》かかろうとも、そのあいだ、ちっとも口《くち》をきいてはならないのですよ。おまえさんの口《くち》から出《で》たはじめてのことばが、もうすぐおにいさまたちの胸《むね》を短刀《たんとう》のかわりにさすだろう。あの人《ひと》たちのいのちは、おまえさんの舌《した》しだいなのだ。それをみんなしっかりと心《こころ》にとめておぼえておいでなさいよ。」

こういって、妖女《ようじょ》はエリーザの手《て》をイラクサでさわりました。それはもえる火《ひ》のようにあつかったので、エリーザはびくりとして目《め》がさめました。すると、もう、そとはかんかんあかるいまひるでした。ねむっていたすぐそばに、夢《ゆめ》のなかでみたとおなじようなイラクサが生《は》えていました。エリーザはひざをついて、神《かみ》さまにお礼《れい》のお祈《いのり》をしました。それからほら穴《あな》をでて、しごとにかかりました。

エリーザはきゃしゃな手《て》で、いやらしいイラクサのなかをさぐりました。草《くさ》は火《ひ》のようにあつく、エリーザの腕《うで》をも手首《てくび》をも、やけどするほどひどく刺《さ》しました。けれどもそれでおにいさまたちをすくうことができるなら、よろこんで痛《いた》みをこらえようとおもいました。それからつみ取《と》ったイラクサをはだしでふみちぎって、みどり色《いろ》の麻《あさ》をそれから取《と》りました。

お日《ひ》さまがしずむと、おにいさまたちはかえって来《き》ました。いもうとがおしになったのをみて、みんなびっくりしました。これもわるいまま母《はは》がかわった魔法《まほう》をかけたのだろうとおもいました。でも、いもうとの手《て》をみて、じぶんたちのためにしてくれているのだとわかると、末《すえ》のおにいさまは泣《な》きました。このおにいさまの涙《なみだ》のしずくが落《お》ちると、もう痛《いた》みがなくなって、手《て》の上《うえ》のやけどのあとも消《き》えてしまいました。

　エリーザは夜《よる》もせっせと仕事《しごと》にかかっていました。もうおにいさまたちをすくいだすまでは、いっときもおちつけないのです。そのあくる日《ひ》も一日《いちにち》、はくちょうたちがよそへとんで行《い》っているあいだ、エリーザはひとりぼっちのこっていました。けれどこのごろのように時間《じかん》の早《はや》くたつことはありません。もうくさりかたびらは一《いち》枚《まい》でき上《あ》がりました。こんどは二枚目《にまいめ》にかかるところです。

そのとき猟《りょう》のつの笛《ぶえ》が山《やま》のなかできこえました。エリーザはおびえてしまいました。そのうちつの笛《ぶえ》の音《おと》はずんずん近《ちか》くなって。猟犬《りょうけん》のほえる声《こえ》もきこえました。エリーザはおどおどしながら、ほら穴《あな》のなかににげこんで、あつめてとっておいたイラクサをひと束《たば》にたばねて、その上《うえ》に腰《こし》をかけていました。

まもなく、大《おお》きな犬《いぬ》が一《いっ》ぴき、やぶのなかからとび出《だ》して来《き》ました。それから二《に》ひき、三《さん》びきとつづいてとび出《だ》して来《き》て、やかましくほえたてました。いったんかけもどってはまたかけ出《だ》して来《き》ました。そのすぐあとから、猟《りょう》のしたくをした武士《ぶし》たちが、のこらずほら穴《あな》のまえにいならびました。そのなかでいちばんりっぱなようすをした人《ひと》が、この国《くに》の王《おう》さまでした。王《おう》さまはエリーザのほうへつかつかとすすんで来《き》ました。王《おう》さまはうまれてまだ、こんなうつくしいむすめをみたことがなかったのです。

「かわいらしい子《こ》だね。どうしてこんなところへ来《き》ているの。」と、王《おう》さまはおたずねになりました。

エリーザは首《くび》をふりました。口《くち》をきいてはたいへんです。おにいさまたちがすくわれなくなって、おまけにいのちもなくなるのです。

のちをうしなわなければなりません。そうして、エリーザは両手《りょうて》を前掛《まえかけ》の下《した》にかくしました。痛《いた》めている手《て》を王《おう》さまにみられまいとしたのです。

「わたしといっしょにおいで。」と、王《おう》さまはいいました。「おまえはこんなところにいる人《ひと》ではない。おまえの顔《かお》がうつくしいように、心《こころ》もやさしいむすめだったら、わたしはおまえにびろうどと絹《きぬ》の着物《きもの》をきせて、金《きん》のかんむりをあたまにのせてあげよう。そうして、おまえは世《よ》にもりっぱなわたしのお城《しろ》に住《す》んで、この国《くに》の女王《じょおう》になるのだよ。」

こういって、王《おう》さまはエリーザを、じぶんの馬《うま》のうえにのせました。エリーザは泣《な》いて両手《りょうて》をもみました。けれども王《おう》さまはこうおっしゃるだけでした。

「わたしは、ただおまえの幸福《こうふく》をのぞんでいるだけだ。いつかおまえはわたしに礼《れい》をいうようになろう。」

それで、じぶんのまえにエリーザをのせたまま、王《おう》さまは山《やま》のなかを馬《うま》でかけていきました。武士《ぶし》たちも、すぐそのあとにつづいてかけていきました。

お日《ひ》さまがしずんだとき、うつくしい王《おう》さまの

都《みやこ》が目《め》のまえにあらわれました。お寺《てら》や塔《とう》がたくさんそこにならんでいました。やがて、王《おう》さまはエリーザをつれてお城《しろ》にかえりました。

そこの高《たか》い大理石《だいりせき》の大広間《おおひろま》には、大《おお》きな噴水《ふんすい》がふきだしていました。壁《かべ》と天井《てんじょう》には目《め》のさめるような絵《え》がかざってありました。けれども、エリーザにそんなものは目《め》にはいりませんでした。ただ泣《な》いて、泣《な》いて、せつながってばかりいました。そうしてただ、召使《めしつかい》の女《おんな》たちにされるままに、お妃《きさき》さまの着《き》る服《ふく》を着《き》せられ、髪《かみ》に真珠《しんじゅ》の飾《かざり》をつけて、やけどだらけの指《ゆび》に絹《きぬ》の手袋《てぶくろ》をはめました。

エリーザがすっかりりっぱにしたくができて、そこにあらわれますと、それは目《め》のくらむようなうつくしさでしたから、お城《しろ》の役人《やくにん》たちは、ひとしおていねいにあたまをさげました。そこで王《おう》さまは、エリーザをお妃《きさき》に立《た》てようとしました、そのなかでひとり、この国《くに》の坊《ぼう》さまたちのかしらの大僧正《だいそうじょう》が首《くび》をふって、このきれいな森《もり》のむすめはきっと魔女《まじょ》で、王《おう》さまの目《め》をくらまし、心《こころ》を迷《まよ》わせているにちがいないとささやきました。

けれども王《おう》さまはそのことばには耳《みみ》をかしませんでした。もうすぐにおいわいの音楽《おんがく》をはじめよとおいいつけになりました。第一等《だいいっとう》のりっぱなお料理《りょうり》をこしらえさせて、よりぬきのきれいなむすめたちに踊《おど》らせました。そうして、エリーザは、香《かお》りの高《たか》い花園《はなぞの》をぬけて、きらびやかな広間《ひろま》に案内《あんない》されました。けれどもそのくちびるにも　その目《め》にも、ほほえみのかげもありませんでした。ただそこには、まるでかなしみの涙《なみだ》ばかりが、世世《よよ》にうけついで来《き》たままこりかたまって、いつまでもながくはなれないとでもいうようでした。そのとき王《おう》さまは、エリーザを休《やす》ませるためことに用意《ようい》させた、そばのちいさいへやの戸《と》を開《ひら》きました。このへやは、高価《こうか》なみどり色《いろ》のかべかけでかざってあって、しかも今《いま》までエリーザのいたほら穴《あな》とそっくりおなじような作《つく》りでした。ゆかの上《うえ》にはイラクサから紡《つむ》い麻束《あさたば》がおいてありました。天井《てんじょう》にはしあげのすんだくさりかたびらがぶらさがっていました。これはみんな、武士《ぶし》のひとりが、めずらしがって持《も》ちはこんで来《き》たものでした。

「さあ、これでおまえはもとのすまいにかえった夢《ゆめ》でもみるがいい。」と、王《おう》さまはおっしゃいました。「ほら、これがおまえのしかけていたしごとだ。そこでいま、このうつくしいりっぱなもののずくめのなかにいて、むかしのことをかんがえるのもたのしみであろう。」

エリーザはしじゅう心《こころ》にかかっている、この品《しな》じなをみますと、ついほほえみがくちびるにのぼって来《き》て、赤《あか》い血《ち》がぽおっとほおを染《そ》めました。エリーザはおにいさまたちをすくうことを心《こころ》におもいながら、王《おう》さまの手《て》にくちびるをつけました。王《おう》さまはエリーザを胸《むね》にだき寄《よ》せました。そうして、のこらずのお寺《てら》の鐘《かね》をならさせて、ご婚礼《こんれい》のお祝《いわい》のあることを知《し》らせました。森《もり》から来《き》たおしのむすめは、こうしてこの国《くに》の女王《じょおう》になりました。

そのとき大僧正《だいそうじょう》は、王《おう》さまに不吉《ふきつ》なことばをささやきました。けれどもそれは王《おう》さまの心《こころ》の中《なか》へまではいりませんでした。結婚《けっこん》の式《しき》はぶじにあげられることになりました。しかも大僧正《だいそうじょう》みずからの手《て》で金《きん》のかんむりをお妃《きさき》のあたまにのせなければなりませんでした。いじのわるい、にくみの心《こころ》で、大僧正《だいそうじょう》はわざとあたまに合《あ》わないちいさな輪《わ》をむりにはめ込《こ》んだので、お妃《きさき》はひたいがいたんでなりませんでした。でも、それよりももっとおもたい輪《わ》がお妃《きさき》の心《こころ》にくびり込《こ》んではなれません。それはおにいさまたちをいたましくおもう心《こころ》でした。それにくらべては、からだの痛《いた》みなどはまるでかんじないくらいでした。ただひと言《こと》、ことばを口《くち》にだしても、おにいさまたちの命《いのち》にかかわることでしたから、くちびるはかたくむすんで、あくまでおしをつづけました。でもその目《め》は、やさしい、りっぱな王《おう》さまをこのましくおもってみていました。王《おう》さまはエリーザのためには、どんなことでもなさいました。それでエリーザも、一日《いちにち》、一日《いちにち》と、日《ひ》がたつにしたがって、ありったけの心《こころ》をかたむけて、王《おう》さまをだいじにするようになりました。ああ、それを口《くち》にだして王《おう》さまにうちあけることができたら、そして心《こころ》のかなしみをかたることができたら、どんなにうれしいことでしょう。けれどいまは、どこまでもおしでいなければなりません。おしのままでいて、しごとをしあげなければなりません。ですから、夜《よる》になると、王《おう》さまのおそばからそっとぬけ出《だ》して、あのほら穴《あな》のようにかざりつけた小《こ》べやにはいって、くさりかたびらを、一枚一《いちまいいち》枚編《まいあ》みました。けれどいよいよ七枚《ななまい》めにかかったとき、麻糸《あさいと》がつきてしまいました。

エリーザは、お寺《てら》の墓地《ぼち》へいけば、イラクサの生《は》えていることを知《し》っていました。けれどそれには、じぶんでいってつんでこなければならないのです。どうしてそこまででていきましょう。

「ああ、わたしの心《こころ》にいだく苦《くる》しみにくらべては、指《ゆび》の痛《いた》みぐらいなんだろう。」と、エリーザはおもいました。

「わたしはどうしたってそれをしなければならない。そうすれば神《かみ》さまのおたすけがきっとあるにちがいない。」

それこそまるでなにか悪事《あくじ》でもくわだてているように、胸《むね》をふるわせながら、エリーザは月夜《つきよ》の晩《ばん》、そっとお庭《にわ》へぬけだして、長《なが》い並木道《なみきみち》をとおって、さびしい通《とおり》をいくつかぬけて、お寺《てら》の墓地《ぼち》へでていきました。すると、そこのいちばん大《おお》きな墓石《はかいし》の上《うえ》に、血《ち》を吸《す》う女鬼《めおに》のむれがすわっているのをみつけました。このいやらしい魔物《まもの》どもは、水《みず》でもあびるしたくのように、ぼろぼろの着物《きもの》をぬいでいました。やがて骨《ほね》ばった指《ゆび》で、あたらしいお墓《はか》にながいつめをかけました。そうして餓鬼《がき》のように、死《し》がいのまわりにあつまって、肉《にく》をちぎってたべました。エリーザはそのすぐそばをとおっていかなければなりません。すると女鬼《めおに》どもは、おそろしい目《め》でにらみつけました。けれども心《こころ》のなかでお祈《いのり》しながら、エリーザは燃《も》えるイラクサをあつめて、それをもってお城《しろ》へかえりました。

このときただひとり、エリーザをみていたものがありました。それはれいの大僧正《だいそうじょう》でした。この坊《ぼう》さんは、ほかのひとたちのねむっているときに、ひとり目《め》をさましているのです。そこで今夜《こんや》のことをみとどけたうえは、いよいよじぶんのかんがえが正《ただ》しかったとおもいました。こんなことはお妃《きさき》たるもののすべきことではない。女《おんな》はたしかに魔女《まじょ》だったのだ。だからああして王《おう》さまと人民《じんみん》を迷《まよ》わしたのだと、かんがえました。

お寺《てら》の懺悔座《ざんげざ》で、大僧正《だいそうじょう》は王《おう》さまに、じぶんの見《み》たこと、おもっていることとを話《はな》しました。ひどいのろいのことばが、大僧正《だいそうじょう》の口《くち》からはきだされると、お寺《てら》のなかの昔《むかし》のお上人《しょうにん》たちの像《ぞう》が首《くび》をふりました。それがもし口《くち》をきいたら、「そうではないぞ、エリーザに罪《つみ》はないのだぞ。」と、いいたいところでしたろう。けれども大《だい》僧正《そうじょう》はそれを、まるでちがったいみにとりました。―あべこべに、それこそエリーザに罪《つみ》のあるしょうこで、その罪《つみ》をにくめばこそ、あのとおり首《くび》をふっているのだとおもいました。そのとき、ふた粒《つぶ》まで大粒《おおつぶ》の涙《なみだ》が、王《おう》さまのほおをこぼれ落《お》ちました。王《おう》さまは、はじめて、うたがいの心《こころ》をもってお城《しろ》にかえりました。どうして落《お》ちついてねむるどころではありません。はたしてエリーザがそっと起《お》きあがるところをみつけました。それからは毎晩《まいばん》、おなじことをしました。そのたびにそっと、あとをつけていって、エリーザがれいのほら穴《あな》のへやに姿《すがた》をかくしてしまうところをみとどけました。

日《ひ》一日《いちにち》と、王《おう》さまの顔《かお》はくらく、くらくなりました。エリーザはそれをみつけて、それがなぜかわけはわかりませんが、心配《しんぱい》でなりませんでした。そのうえ、きょうだいたちのことを心《こころ》のなかでおもって苦《くる》しんでいました。エリーザのあつい涙《なみだ》は、お妃《きさき》の着《き》るびろうどと紫絹《むらさきぎぬ》の服《ふく》のうえにながれて、ダイヤモンドのようにかがやいてみえました。そのりっぱなよそおいをみるものは、たれもお妃《きさき》になりたいとうらやみました。そうこうするうちに、エリーザのしごともいつしかあがっていきました。あとたった一枚《いちまい》のくさりかたびらが出来《でき》かけのままでいるだけでした。一本《いっぽん》のイラクサももうのこっていませんでした。そこでもういちど、行《い》きおさめにお寺《てら》の墓地《ぼち》へいって、ほんのひとつかみの草《くさ》をぬいてこなければなりません。さすがにエリーザも、ひとりぼっちくらやみのなかをいくことと、あのおそろしい魔物《まもの》に出《で》あうことをかんがえると、心《こころ》がおくれました。けれども神《かみ》さまにたよる信心《しんじん》のかたいように、エリーザの決心《けっしん》はあくまでもかたいものでした。

エリーザはでかけていきました。ところで、王《おう》さまと大僧正《だいそうじょう》もそのあとをつけて行《ゆ》きました。ふたりは、エリーザが格子門《こうしもん》をぬけて、墓地《ぼち》のなかへ消《き》えていくところをみました。そばへ寄《よ》ってみますと、血《ち》を吸《す》う魔物《まもの》どもが、エリーザが見《み》たとおりに墓石《はかいし》のうえにのっていました。王《おう》さまはそのなかまにエリーザがいるようにおもって、ぎょっとしました。ついその夕方《ゆうがた》までも、そのお妃《きさき》がじぶんの胸《むね》にいたことをおもいだしたからです。

「さばきは人民《じんみん》にまかせよう。」と、王《おう》さまはいいました。そこで、人民《じんみん》は、「エリーザを火《ひ》あぶりの刑《けい》に処《しょ》する。」

と、いう宣告《せんこく》を下《くだ》しました。目《め》のさめるようなりっぱな王宮《おうきゅう》の広間《ひろま》から、くらい、じめじめした穴蔵《あなぐら》のろう・・・やへエリーザは押《お》し込《こ》められました。風《かぜ》は鉄格子《てつごうし》の窓《まど》からぴゅうぴゅう吹《ふ》き込《こ》みました。今《いま》までのびろうどや絹《きぬ》のかわりに、エリーザのあつめたイラクサの束《たば》がほおりこまれました。その上《うえ》にエリーザはあたまをのせることをゆるされました。エリーザの編《あ》んだ、かたいとげで燃《も》えるようなくさりかたびらが、羽根《はね》ぶとんと夜着《よぎ》になりました。けれどエリーザにとって、それよりうれしいおくりものはありません。エリーザはまたしごとをつづけながらお祈《いの》りをしました。そとでは、町《まち》の悪太郎《あくたろう》どもが、わるくちの歌《うた》をうたっていました。たれひとりだって、やさしいことばをかけるものはありませんでした。

ところが、夕方《ゆうがた》になって、鉄格子《てつごうし》のちかくにはくちょうの羽《は》ばたきがきこえました。これはいちばん末《すえ》のおにいさまでした。おにいさまはいもうとをみつけてくれました。いもうとはうれしまぎれに声《こえ》をあげて、すすり泣《な》きました。そのくせ、心《こころ》のなかでは、もうほどなく夜《よる》になれば、この世《よ》のみおさめだとおもっていました。でも、しごとはもうひといきでしあがります。おにいさまたちはしかもそこへ来《き》ているのです。

大僧正《だいそうじょう》は王《おう》さまと約束《やくそく》して、おわりのときまで、エリーザのそばについていることにしました。それで、このときそばへ寄《よ》って来《き》て、そのことをいうと、エリーザは首《くび》をふって、目《め》つきと身《み》ぶりとで、どうかでていってもらいたいとたのみました。今夜《こんや》こそしごとをしあげてしまおう。それでなければせっかくいままでにながしたなみだも、苦《くる》しみも、ねむらない夜《よる》を明《あ》かしたことも、みんなむだになってしまうのです。大僧正《だいそうじょう》はいじのわるい、のろいのことばをのこしてでていきました。でもエリーザはじぶんになんの罪《つみ》もないことを知《し》っていました。そこでかまわずしごとをつづけました。

ちいさなハツカネズミが、ちょろちょろゆかの上《うえ》をかけまわって、イラクサを足《あし》のところまでひいてきてくれました。エリーザのお手《て》つだいをしてくれるつもりでした。すると、ツグミも窓《まど》の格子《こうし》の所《ところ》にとまって、ひとばんじゅう、一生《いっしょう》けんめい、おもしろい歌《うた》をうたって、気《き》をおとさないようにとはげましてくれました。

まだそとは、夜明《よあ》けまえのうすあかりでした。もう一時間《いちじかん》たたなければ、お日《ひ》さまはのぼらないでしょう。そのとき、十一人《じゅういちにん》のきょうだいは、お城《しろ》の門《もん》のところへ来《き》て、王《おう》さまにお目《め》どおりねがいたいとたのみました。けれどもまだ夜《よ》があけないのだから、そんなことはできないといわれました。王《おう》さまはねむっていらっしゃる、それをおさまたげしてはならないのだというのです。それでもきょうだいはたのんだり、おどかしたりしました。近衛《このえ》の兵隊《へいたい》がでて来《き》ました。いや、そのうちに王《おう》さままででておいでになって、どういうわけかとおたずねになりました。するともう、きょうだいたちの姿《すがた》はみえませんでした。ただ十一《じゅういち》羽《わ》の野《の》のはくちょうが、お城《しろ》の上《うえ》をとびかけって行《ゆ》きました。

人民《じんみん》たちがのこらず町《まち》の門《もん》にあつまって来《き》て、魔女《まじょ》の焼《や》きころされるところをみようとひしめきあいました。よぼよぼのやせ馬《うま》が一頭《いっとう》、罪人《ざいにん》ののる馬車《ばしゃ》をひいてきました。やがてエリーザはそまつな麻《あさ》の着物《きもの》を着《き》せられました。あのうつくしい髪《かみ》の毛《け》は、きれいな首筋《くびすじ》にみだれたまま下《さ》がっていました。ほおは死人《しにん》のように青《あお》ざめていました。くちびるはかすかにうごいていました。そのくせ指《ゆび》はまだみどり色《いろ》の麻《あさ》をせっせと編《あ》んでいました。いよいよ死刑《しけい》になりにいく道《みち》みちも、やりかけたしごとをやめようとはしませんでした。十枚《じゅうまい》のくさりかたびらは足《あし》の下《した》にありました。いま十一枚目《じゅういちまいめ》をこしらえているところなのです。人民《じんみん》たちはあつまって来《き》て、口《くち》ぐちにあざけりました。

「見《み》ろ、魔女《まじょ》がなにかぶつぶついっている。さんびかの本《ほん》ももっていやしない。どうして、まだいやな魔法《まほう》をやっているのだ。あんなもの、ばらばらにひき裂《さ》いてしまえ。」

こういって、みんなひしひしとそばへ寄《よ》って来《き》て、くさりかたびらを引《ひ》き裂《さ》こうとしました。そのとき、十一羽《じゅういちわ》の野《の》のはくちょうがさあッとまいおりました。馬車《ばしゃ》のうえにとまって、エリーザをかこんで、つばさをばたばたやりました。すると群衆《ぐんしゅう》はおどろいてあとへ引《ひ》きました。

「あれは天《てん》のおさとしだ。きっとあの女《おんな》には罪《つみ》はないのだ。」と、おおぜいのものがささやきました。けれど、たれもそれを大《おお》きな声《こえ》ではっきりといいきるものはありませんでした。

そのとき、役人《やくにん》が来《き》て、エリーザの手《て》をおさえました。そこで、エリーザはあわてて、十一枚《じゅういちまい》のくさりかたびらをはくちょうたちのうえになげかけました。すると、すぐ十一人《じゅういちにん》のりっぱな王子《おうじ》が、すっとそこに立《た》ちました。けれどいちばん末《すえ》のおにいさまだけは片手《かたて》なくって、そのかわりにはくちょうの羽根《はね》をつけていました。それはくさりかたびらの片《かた》そでが足《た》りなかったからでした。もうひといきで、みんなでき上《あ》がらなかったのです。

「さあ、もうものがいえます。」と、エリーザはいいました。「わたくしに罪《つみ》はございません。」

すると、いま目《め》の前《まえ》におこった出来事《できごと》を見《み》た人民《じんみん》たちはとうといお上人《しょうにん》さまのまえでするように、いっせいにうやうやしくあたまを下《さ》げました。けれどもエリーザは死《し》んだもののようになって、おにいさまたちの腕《うで》にたおれかかりました。これまでの張《は》りつめた心《こころ》と、ながいあいだの苦《くる》しみが、ここでいちどにきいて来《き》たのです。

「そうです。エリーザに罪《つみ》はありません。」と、いちばんうえのおにいさまがいいました。

そこで、このおにいさまは、これまであったことをのこらず話《はな》しました。話《はな》しているあいだに、なん百万《びゃくまん》というばらの花《はな》びらがいちどににおいだしたような香《かお》りが、ぷんぷん立《た》ちました。仕置柱《しおきばしら》のまえにつみあげた火《ひ》あぶりの薪《まき》に、一本一本根《いっぽんいっぽんね》が生《は》えて、枝《えだ》がでて、花《はな》を咲《さ》かせたのでございます。そこには赤《あか》いばらの花《はな》をいっぱいつけた生垣《いけがき》が、高《たか》く大《おお》きくゆいまわされて、そのいちばんうえに、星《ほし》のようにかがやく白《しろ》い花《はな》が一《いち》りん吹《ふ》いていました。その花《はな》を王《おう》さまはつみとって、エリーザの胸《むね》にのせました。するとエリーザはふと目《め》をさまして、心《こころ》のなかは平和《へいわ》と幸福《こうふく》とでいっぱいになりました。

そのとき、のこらずのお寺《てら》の鐘《かね》がひとりでに鳴《な》りだしました。小鳥《ことり》たちがたくさんかたまってとんで来《き》ました。それから、それはどんな王《おう》さまもついみたこともないようなさかんなお祝《いわい》の行列《ぎょうれつ》が、お城《しろ》にむかって練《ね》っていきました。

【凡例】

・本編「野のはくちょう」は、青空文庫作成の文字データを使用した。

底本：「新訳アンデルセン童話集第一巻」同和春秋社

　　１９５５（昭和30）年７月20日初版発行

※「旧字、旧仮名で書かれた作品を、現代表記にあらためる際の作業指針」に基づいて、底本の表記をあらためた。

入力：大久保ゆう

校正：秋鹿

２００６年１月18日作成

・文字遣いは、青空文庫のデータによる。

・この作品には、今日からみれば不適切と思われる表現が含まれているが、作品の描かれた時代と、作品本来の価値に鑑み、底本のままとした。

・ルビは、青空文庫のものに加えて、新字新仮名のルビを付し、総ルビとした。

・追加したルビには文字遣いの他、読み方など格段の基準は設けていない。

アヒルの庭《にわ》で

ポルトガルから、一羽《いちわ》のアヒルがやってきました。もっとも、スペインからきたんだ、という人《ひと》もありましたがね。でも、そんなことは、どっちでもいいのです。ともかく、そのアヒルは、ポルトガル種《しゅ》と呼《よ》ばれました。卵《たまご》を生《う》みましたが、やがて殺《ころ》されて、料理《りょうり》されました。これが、そのアヒルの一生《いっしょう》でした。

その卵《たまご》から生《うま》れてきたものは、みんな、ポルトガル種《しゅ》と呼《よ》ばれました。ポルトガル種《しゅ》と言《い》われるだけで、もうかなり重要《じゅうよう》なことなのです。

　さて、この一家《いっか》の中《なか》で、今《いま》このアヒルの庭《にわ》にのこっているのは、たった一羽《いちわ》きりでした。ここは、アヒルの庭《にわ》とはいっても、ニワトリたちもはいってきますし、オンドリなどは、いばりくさって歩《ある》きまわっていました。

「あのけたたましい鳴《な》き声《ごえ》を聞《き》くと、気分《きぶん》がわるくなってしまうわ」と、ポルトガル種《しゅ》の奥《おく》さんは言《い》いました。「でも、見《み》たところはきれいね。それは、うそとはいえないわ。アヒルじゃないけどもさ。もうすこし、自分《じぶん》をおさえりゃいいのに。だけど、自分《じぶん》をおさえるってことは、むずかしいことだから、高《たか》い教養《きょうよう》がなくちゃできないわ。

でも、おとなりの庭《にわ》の、ボダイジュにとまっている、歌《うた》うたいの小鳥《ことり》さんたちには、それがあるわ。あのかわいらしい歌《うた》いかたといったら！　あの歌《うた》の中《なか》には、なにかしら、しみじみとした調子《ちょうし》があるわ。あれこそ、ポルトガル調《ちょう》よ！　ああいう歌《うた》をうたう小鳥《ことり》が、一羽《いちわ》でも、わたしの子供《こども》になってくれたら、わたしはやさしい、親《しん》切《せつ》なおかあさんになってやるわ。だって、そういう性質《せいしつ》は、わたしの血《ち》の中《なか》に、このポルトガル種《しゅ》の血《ち》の中《なか》にあるんですもの」

こんなふうに、ポルトガル奥《おく》さんが、おしゃべりをしていると、その歌《うた》をうたう小鳥《ことり》が落《お》ちてきました。小鳥《ことり》は、屋根《やね》の上《うえ》から、まっさかさまに落《お》ちてきました。ネコに、うしろからおそわれたのです。でも、羽《はね》を一枚《いちまい》折《お》られただけで、逃《に》げだすことができたのです。そうして、このアヒルの庭《にわ》の中《なか》へ、落《お》ちてきたのでした。

「そりゃあ、あのならず者《もの》の、ネコらしいやりかただよ」と、ポルトガル奥《おく》さんは言《い》いました。「あいつは、わたしの子《こ》どもたちが生《い》きていたときから、ああいうふうなんだよ。あんなやつが、大《おお》きな顔《かお》をして、屋根《やね》の上《うえ》を歩《ある》きまわっていられるんだからねえ！　ポルトガルなら、こんなことはないと思《おも》うわ」

そして、その歌《うた》うたいの小鳥《ことり》を、かわいそうに思《おも》いました。ポルトガル種《しゅ》でない、ほかのアヒルたちも、同《おな》じようにかわいそうに思《おも》いました。

「かわいそうにねえ」と、ほかのアヒルたちが、あとからあとからからやってきては、言《い》いました。

「わたしたちは、自分《じぶん》で歌《うた》をうたうことはできないけれど」と、みんなは言《い》いました。「でも、からだの中《なか》に、歌《うた》の下地《したじ》というようなものを持《も》っているわ。わたしたちは、それを口《くち》に出《だ》して言《い》いはしないけど、みんなそう感《かん》じてはいるのよ」

「それじゃ、わたしが言《い》いましょう」と、ポルトガル奥《おく》さんは言《い》いました。「わたしはね、この小鳥《ことり》のために、なにかしてやりたいんですよ。それが、わたしたちの義《ぎ》務《む》なんですもの」

こう言《い》うと、ポルトガル奥《おく》さんは、水《みず》桶《おけ》の中《なか》にはいって、水《みず》をピシャピシャはねかしました。おかげで、歌《うた》をうたう小鳥《ことり》は、頭《あたま》から水《みず》をかぶって、もうすこしで、おぼれそうになりました。けれども、それは、親切《しんせつ》な気持《きもち》からしたことでした。

「これは、親切《しんせつ》な行《おこな》いというものよ」と、ポルトガル奥《おく》さんは言《い》いました。「ほかのかたも、まねをなさるといいわ」

「ピー、ピー」と、小鳥《ことり》は鳴《な》きました。羽根《はね》が一枚《いちまい》折《お》れているので、からだを、ぶるっとふるわすことはできませんでした。でも、親切《しんせつ》な気持《きもち》から、水《みず》をかけられたのだということは、よくわかりました。「奥《おく》さんは、ほんとにおやさしいかたですね」と、小鳥《ことり》は言《い》いましたが、もう、水《みず》をあびるのは、たくさんでした。

「わたしは、自分《じぶん》の気持《きもち》なんて、考《かんが》えてみたこともないわ」と、ポルトガル奥《おく》さんは言《い》いました。「だけど、わたしは、どんな生《い》き物《もの》をも愛《あい》しているわ。それは、自《じ》分《ぶん》でもよく知《し》っていてよ。でも、ネコだけはべつ。わたしに、ネコを愛《あい》せと言《い》ったって、それはだめだわ。だって、あいつは、わたしの家族《かぞく》のものを、二羽《にわ》も食《た》べてしまったんですもの。

ところで、おまえさん、自分《じぶん》の家《いえ》にいるつもりで、らくになさいね。すぐ、なれるわよ。わたし自身《じしん》は、外国《がいこく》生《うま》れなのよ。そりゃあ、おまえさんだって、わたしの身《み》のこなしや、羽《はね》のぐあいを見《み》れば、おわかりだろうけどね。わたしの夫《おっと》は、ここの土地《とち》のもので、わたしと同《おな》じ血《ち》すじじゃないの。だからといって、わたしは、いばったりはしないけど。──もし、ここで、おまえさんの気持《きもち》をわかってくれるものがあるとしたら、それは、わたしのほかにはいないことよ」

「あの奥《おく》さんの頭《あたま》の中《なか》には、ほら吹《ふ》き貝《がい》がはいってるのさ！」と、ふつうの、若《わか》いアヒルが言《い》いました。このアヒルは、とんち者《もの》だったのです。ほかの、ふつうのアヒルたちは、「ほら吹《ふ》き貝《がい》」という音《おと》が、「ポルトガル」に似《に》ているので、それを、たいそうおもしろがりました。そこで、みんなは、押《お》しっこをして、ガー、ガー、このひとは、ほんとにとんちがあるよ、と言《い》いました。それからは、みんなは、歌《うた》をうたう小鳥《ことり》と、仲《なか》よしになりました。

「ポルトガル奥《おく》さんは、まったく話《はなし》がうまいんだよ」と、みんなは言《い》いました。「わたしたちのくちばしには、大《おお》げさな言葉《ことば》はないけども、同情《どうじょう》する気持《きもち》においては、負《ま》けやしないよ。わたしたちは、あんたのためになんにもしていないときは、だまっていることにしているんだよ。それが、いちばんいいことだと、わたしたちは思《おも》っているんだもの」

「おまえさんは、いい声《こえ》をしておいでだね」と、みんなの中《なか》で、いちばん年《とし》とったアヒルが言《い》いました。「おまえさんのように、ずいぶん大《おお》ぜいのひとたちを、よろこばせていたら、さぞかし、自分《じぶん》も楽《たの》しいだろうね。わたしにゃ、そんなことは、とってもできないよ。だから、わたしは、だまっているのさ。ほかのものが、ばかばかしいことを、おまえさんに言《い》ってきかせるよりは、そのほうが、よっぽどましさ」

「その子《こ》を、いじめないでちょうだい」と、ポルトガル奥《おく》さんが言《い》いました。「休《やす》ませて、看護《かんご》してやらなくちゃならないのよ。ねえ、歌《うた》をうたう小鳥《ことり》さん、もう一《いち》度《ど》水《みず》をあびせてあげましょうか？」

「いえ、いえ、それよりも、どうか、かわくようにさせてください！」と、小鳥《ことり》はたのみました。

「水《みず》あびする、なおしかただけが、わたしにはきくんだけどね」と、ポルトガル奥《おく》さんは言《い》いました。「気《き》ばらしも、いいものよ。もうすぐ、おとなりのニワトリさんたちが、お客《きゃく》に来《く》るわ。その中《なか》には、回教《かいきょう》どれいとおつきあいしていた、中国《ちゅうごく》のメンドリさんも、二羽《にわ》いるわ。あのひとたちは、たいそう教育《きょういく》もあるし、それに、よその国《くに》からきたひとたちだから、つい、わたしは、尊敬《そんけい》したくなってしまうのよ」

やがて、そのメンドリたちが、やってきました。オンドリも、やってきました。オンドリは、きょうは、失礼《しつれい》なふるまいをしないように、たいそうぎょうぎよくしていました。

「きみは、ほんものの歌《うた》をうたう小鳥《ことり》だね」と、オンドリは言《い》いました。「そしてきみは、そのかわいらしい声《こえ》で、そのかわいらしい声《こえ》にふさわしいことを、なんでもやっているんだね。しかし、男性《だんせい》であることを、ひとに聞《き》いてもらうのには、もっと機関車《きかんしゃ》のような力《ちから》を、持《も》たなくちゃだめだね」

二羽《にわ》の中国《ちゅうごく》のニワトリは、歌《うた》うたいの小鳥《ことり》をひとめ見《み》ると、すっかり夢中《むちゅう》になってしまいました。小鳥《ことり》は、水《みず》をあびたために、羽《はね》がくしゃくしゃになっていました。そのようすが、なんとなく、中国《ちゅうごく》のひよこに似《に》ているように思《おも》われました。

「まあ、かわいらしいこと!」と、ニワトリたちは言《い》って、小鳥《ことり》と仲《なか》よしになりました。そして、ひそひそ声《ごえ》で、上流《じょうりゅう》の中国人《ちゅうごくじん》たちの話《はな》す言葉《ことば》をつかって、チーチーおしゃべりをはじめました。

「わたしたちは、あなたとおんなじ種類《しゅるい》なのよ。あのポルトガル奥《おく》さんにしたってそうだけど、アヒルさんたちは、みんな水鳥《みずどり》なのよ。あなただって、もう気《き》がついているでしょう。わたしたちのことは、あなたは、まだ知《し》らないわね。もっとも、わたしたちのことを知《し》ってるものが、いったい、どのくらいあるでしょう！　そうでなくても、知《し》ろうとつとめるものが、どのくらいあるでしょう！　ひとりも、いやしないわ。メンドリたちの中《なか》にだって、そんなひとはいないわ。わたしたちは、たいていのニワトリよりも、高《たか》い横木《よこぎ》にとまるように、生《うま》れついているんだけどねえ。――

そんなことは、どっちだっていいわ。わたしたちは、ほかのひとたちのあいだにまじって、自分《じぶん》たちの静《しず》かな道《みち》を進《すす》んで行《い》くのよ。ほかのひとたちは、わたしたちとは、考《かんが》えがちがうわ。だけど、わたしたちは、いいほうばかりを見《み》て、いいことだけを話《はな》しあうようにしているの。そうは言《い》っても、なんにもないところに、なにかを見《み》つけることは、できっこないけどね。

わたしたち二羽《にわ》と、オンドリさんのほかには、才能《さいのう》があって、しかも正直《しょうじき》なひとなんて、わたしたちのトリ小《ご》屋《や》には、だれもいなくってよ！　このアヒルの庭《にわ》には、そんなひとは、ひとりもいやしないわ。ねえ、歌《うた》うたいの小鳥《ことり》さん。あなたに忠告《ちゅうこく》しておくけど、あそこにいる、しっぽなしさんを信用《しんよう》しちゃいけないわよ。あのひとったら、ずるいんだから。それから、あそこの、羽《はね》に、ゆがんだ点々《てんてん》のある、まだらさんはね、ものすごいりくつやで、おまけに負《ま》けん気《き》なのよ。それでいて、言《い》うことは、いつもまちがいだらけだわ。——あのでぶっちょのアヒルさんは、なんについてもわるく言《い》うのよ。わたしたちの性質《せいしつ》は、そういうのとはまるっきり反対《はんたい》よ。いいことが言《い》えないんなら、だまっているべきだと思《おも》うわ。ポルトガル奥《おく》さんだけがすこしは教養《きょうよう》もあって、つきあってもいいひとなのよ。だけど、あのひとは、すぐにかっとなりやすいし、それに、ポルトガルのことばっかし話《はな》しているんですもの」

「あの中国《ちゅうごく》のニワトリさんたちは、ずいぶんひそひそ話《はなし》をしているねえ」と、アヒルの夫婦《ふうふ》が言《い》いました。「まったく、うんざりするよ。わたしたちなんか、あのひとたちと、まだ一度《いちど》も話《はな》したことはないけど」

そこへ、おすのアヒルが、やってきました。そして、歌《うた》をうたう小鳥《ことり》を見《み》ると、スズメだと思《おも》いこんでしまいました。

「うん、区別《くべつ》ができんね」と、おすのアヒルは言《い》いました。「とにかく、どっちにしても、おんなじことさ。つまりは、おもちゃみたいなものだよ。そして、おもちゃは、やっぱり、おもちゃなのさ」

「あのひとの言《い》うことなんか、気《き》にしないでいらっしゃい！」と、ポルトガル奥《おく》さんがささやきました。「あれで、仕事《しごと》にかけちゃ、なかなか感心《かんしん》なひとなのよ。なにしろ、仕事《しごと》をいちばんだいじにしているんだからね。さてと、わたしは、ひと休《やす》みするとしよう。わたしたちは、まるまるふとらなくちゃならないんだからね。そうすりゃ、死《し》んでからリンゴとスモモをつめて、ミイラにしてもらえるのよ」

こう言《い》うと、ポルトガル奥《おく》さんは、日《ひ》なたに寝《ね》ころんで、かたほうの目《め》をパチパチやりました。寝《ね》ごこちはたいへんよく、気分《きぶん》もたいへんよく、そのうえ、たいへんよく眠《ねむ》れました。歌《うた》をうたう小鳥《ことり》は、折《お》れたつばさをそろえると、自分《じぶん》をまもってくれる、奥《おく》さんのそばにすりよって、寝《ね》ました。お日《ひ》さまは、暖《あたた》かく、キラキラとかがやいていました。そこは、ほんとうにすてきな場所《ばしょ》でした。

おとなりのニワトリたちは、そのへんを歩《ある》きまわっては、地面《じめん》をひっかいていました。このニワトリたちは、ほんとうは、ただえさがほしくて、ここへやってきていたのです。そのうちに、中国《ちゅうごく》のニワトリが、まず出《で》ていき、つづいて、ほかのニワトリたちも出《で》ていきました。あのとんち者《もの》の、若《わか》いアヒルは、ポルトガル奥《おく》さんのことを、あのおばあさんは、もうすぐ、また「アヒルっ子《こ》」になるぜ、と言《い》いました。すると、ほかのアヒルたちが、おもしろがって、ガー、ガー、さわぎたてました。

「アヒルっ子《こ》か！　あいつは、まったくとんち者《もの》だよ」

それから、みんなは、また前《まえ》のじょうだんの、「ほら《ポル》吹《ふ》き貝《がい》《トラク》」をくりかえしました。そのようすは、ほんとにおもしろそうでした。それから、アヒルたちは、寝《ね》ころがりました。

みんなは、しばらくのあいだ、じっとしていました。と、とつぜん、なにか食《た》べ物《もの》が、アヒルの庭《にわ》に投《な》げこまれました。バチャッ、と音《おと》がしました。すると、いままで眠《ねむ》っていた連中《れんちゅう》が、みんないっせいにはね起《お》きて、羽《はね》をバタバタやりました。ポルトガル奥《おく》さんも、目《め》をさまして、ころげまわりました。そのひょうしに、歌《うた》をうたう小鳥《ことり》のからだを、いやというほど、ふみつけました。

「ピー、ピー!」と、小鳥《ことり》は鳴《な》きました。「いたいじゃありませんか、奥《おく》さん」

「なんだって、通《とお》り道《みち》なんかに、寝《ね》ているのさ!」と、奥《おく》さんは言《い》いました。「そんなに神経質《しんけいしつ》じゃだめだよ!

わたしだって、神経《しんけい》はあるよ。でも、わたしは、一度《いちど》だってピーなんて鳴《な》いたことはないよ」

「おこらないでください」と、小鳥《ことり》は言《い》いました。「ピーって、つい、くちばしから出《で》ちゃったんです」

ポルトガル奥《おく》さんは、もう、そんなことは聞《き》いてもいませんでした。いそいで食《た》べ物《もの》のほうへかけて行《い》って、おいしいごちそうをひろいました。奥《おく》さんが食《た》べおわって、また横《よこ》になったとき、歌《うた》うたいの小鳥《ことり》がそばへやってきました。そして、かわいらしいと言《い》われるように、いっしょうけんめい歌《うた》をうたいました。

ピー　ピー　ピー！
あなたの心《こころ》のやさしさを、
大空高《おおぞらたか》く飛《と》びながら、
いつもわたしはうたいます。

「わたしはね、これから、食後《しょくご》のひと休《やす》みをするところなんだよ」と、奥《おく》さんは言《い》いました。「おまえも、この習慣《しゅうかん》をおぼえなけりゃいけないよ。さあ、わたしは、ひと眠《ねむ》りしよう」
歌《うた》うたいの小鳥《ことり》は、すっかりびっくりしてしまいました。だって、自分《じぶん》では、すごくいいことをしたつもりでいたんですもの。しばらくして、奥《おく》さんが目《め》をさますと、小鳥《ことり》は、自分《じぶん》で見《み》つけてきた、小《ちい》さなムギのつぶをくわえて、立《た》っています。そして、それを、奥《おく》さんの前《まえ》に置《お》きました。ところが、奥《おく》さんは、まだたっぷり、寝《ね》ていなかったものですから、気分《きぶん》がいらいらしていました。

「そんなものは、ひよっこにでも、やったらいいじゃないの」と、奥《おく》さんは言《い》いました。「そんなところにつっ立《た》って、わたしのじゃまをしないでおくれ」

「奥《おく》さんは、ぼくをおこっているんですね」と、小鳥《ことり》は言《い》いました。「ぼく、なにかしたんでしょうか?」

「したって!」と、ポルトガル奥《おく》さんは言《い》いました。「そういう言《い》いかたは、じょうひんじゃないよ。気《き》をつけるんだね」

「きのうは、ここには、お日《ひ》さまが照《て》っていたのに」と、小鳥《ことり》が言《い》いました。「きょうは、灰色《はいいろ》にくもっている。ぼくは、悲《かな》しくてたまんない」

「おまえは、時《とき》のかぞえかたも知《し》らないんだね」と、ポルトガル奥《おく》さんは言《い》いました。「まだ、一日《いちにち》たっちゃいないんだよ。そんなまぬけな顔《かお》をして、つっ立《た》ってるもんじゃないよ」

「奥《おく》さんが、そんなにおこって、こわい目《め》つきで、ぼくをにらむところは、ぼくがこの庭《にわ》の中《なか》へ落《お》っこちたときに、にらんだ目《め》つきにそっくりですよ」

「はじ知《し》らず！」と、ポルトガル奥《おく》さんは言《い》いました。

「おまえは、このわたしを、あのけだもののネコとくらべる気《き》かい！　わたしのからだの中《なか》にはね、わるい血《ち》なんか、一《いっ》てきも、ありゃしないんだよ。わたしは、おまえをひきとったんだから、おぎょうぎも、ちゃんと教《おし》えてやらなくちゃならないんだよ」

こう言《い》うと、奥《おく》さんは、小鳥《ことり》の頭《あたま》をつっつきました。

小鳥《ことり》はたおれて、死《し》んでしまいました。

「おやまあ、どうしたんだろう！」と、ポルトガル奥《おく》さんは言《い》いました。「これっぱかしのことで、死《し》んでしまうなんて！　ほんとに、こんなことじゃ、この世《よ》の中《なか》には、むかないわね。わたしは、この小鳥《ことり》にとっては、母親《ははおや》のようなものだった。それは、わたしも知《し》っているわ。だって、わたしには、こころというものがあるんですもの」

そのとき、おとなりのオンドリが、アヒルの庭《にわ》の中《なか》に頭《あたま》をつっこんで、機関車《きかんしゃ》のような力《ちから》で鳴《な》きました。

「あなたの、その鳴《な》き声《ごえ》を聞《き》くと、命《いのち》がちぢまるような思《おも》いがしますよ」と、ポルトガル奥《おく》さんは言《い》いました。

「こんなことになったのも、みんな、あなたのせいなんですよ。この子《こ》は、気《き》をうしなってしまったんです。

わたしだって、もうすこしで、そうなりそうでしたよ」「そんなのがたおれたって、たいして場所《ばしょ》を取《と》りはしないさ」と、オンドリは言《い》いました。

「もっと、ていねいな言《い》いかたをしてください」と、ポルトガル奥《おく》さんは言《い》いました。「この子《こ》は、声《こえ》を持《も》っていました！　歌《うた》を持《も》っていました！　高《たか》い教養《きょうよう》も、持《も》っていました！　そして、やさしくって、かわいらしい子《こ》でしたよ。こういうことは、動物《どうぶつ》にも、人間《にんげん》と呼《よ》ばれるものにも、ふさわしいことですわ」

まもなく、アヒルたちが、一羽《いちわ》のこらず死《し》んだ小鳥《ことり》のまわりに、集《あつ》まってきました。アヒルたちは、はげしい情熱《じょうねつ》を持《も》っています。いつも、ねたみか、同情《どうじょう》かの、どちらかを、持《も》っているのです。今《いま》、ここには、べつに、ねたむようなことは何《なに》もありませんので、みんなは、同《どう》情《じょう》の気持《きもち》をいだきました。あの、二羽《にわ》の中国《ちゅうごく》のニワトリたちも、やっぱりそうでした。

「こんなかわいい歌《うた》うたいの鳥《とり》は、もう二度《にど》と、わたしたちの仲間《なかま》になることはないわ。この子《こ》は、まるで、中国《ちゅうごく》のニワトリのようだったわ」

こう言《い》って、二羽《にわ》とも、泣《な》きました。そして、クックッと言《い》いました。すると、ほかのニワトリたちも、みんな、クックックッと言《い》いました。けれども、アヒルたちは、目《め》をまっかにして、歩《ある》きまわっていました。

「わたしたちは、こころを持《も》っている」と、みんなは言《い》いました。「それは、だれも、うそだとは言《い》えない」

「こころ！」と、ポルトガル奥《おく》さんは言《い》いました。「そうよ、わたしたちは、こころを持《も》っているわ。――ちょうど、ポルトガルで持《も》っているのと、同《おな》じくらいに」

「さあ、なにか食《た》べ物《もの》でもひろうことを、考《かんが》えようじゃないか」と、おすのアヒルが言《い》いました。「そのほうが、ずっとだいじだからな。おもちゃの一《ひと》つぐらい、こわれたって、そんなものは、まだいくらでもあるさ」

【凡例】

・本編「アヒルの庭で」は、青空文庫作成の文字データを使用した。

底本：「人魚の姫　アンデルセン童話集Ｉ」新潮文庫、新潮社

　１９６７（昭和42）年12月10日発行

　１９８９（平成元）年11月15日34刷改版

　２０１１（平成23）年９月５日48刷

入力：チエコ

校正：木下聡

２０２１年２月26日作成

・文字遣いは、青空文庫のデータによる。

・この作品には、今日からみれば不適切と思われる表現が含まれているが、作品の描かれた時代と、作品本来の価値に鑑み、底本のままとした。

・ルビは、青空文庫のものに加えて、新字新仮名のルビを付し、総ルビとした。

・追加したルビには文字遣いの他、読み方など格段の基準は設けていない。

コウノトリ

ある小《ちい》さな村《むら》の、いちばんはずれの家《いえ》に、コウノトリの巣《す》がありました。コウノトリのおかあさんは、巣《す》の中《なか》で、四羽《よんわ》の小《ちい》さなひな鳥《どり》たちのそばにすわっていました。ひな鳥《どり》たちは、小《ちい》さな黒《くろ》いくちばしのある頭《あたま》を、巣《す》の中《なか》からつき出《だ》していました。このひな鳥《どり》たちのくちばしは、まだ赤《あか》くなっていなかったのです。

そこからすこし離《はな》れた屋根《やね》の頂《いただ》きに、コウノトリのおとうさんが、からだをまっすぐ起《おこ》して、かたくなって立《た》っていました。おとうさんは、かたほうの足《あし》を、からだの下《した》に高《たか》く上《あ》げていました。こうして、見張《みは》りに立《た》っているあいだは、すこしぐらい、つらい目《め》にもあわなくては、と思《おも》ったからでした。おとうさんは、木《き》でほってあるのかと思《おも》われるほど、じっと立《た》っていました。

「巣《す》のそばに、見張《みは》りを立《た》たせておくんだから、家内《かない》のやつは、ずいぶんえらそうに見《み》えるだろうな」と、コウノトリのおとうさんは考《かんが》えました。「このおれが、あれのご主人《しゅじん》だなどとは、だれも知《し》るまいよ。きっと、ここに立《た》っているように、言《い》いつけられているんだと、思《おも》うだろうさ。それにしても、ずいぶんだいたんだろうが！」

こうして、コウノトリのおとうさんは、なおも、片足《かたあし》で立《た》ちつづけていました。

下《した》の通《とお》りでは、大《おお》ぜいの子供《こども》たちがあそんでいました。そのうちに、コウノトリを見《み》つけると、その中《なか》のいちばんわんぱくな子《こ》が、むかしからある、コウノトリの歌《うた》をうたいだしました。すると、それにつづいて、みんなもいっしょにうたいだしました。けれども、はじめにうたった子《こ》がおぼえていただけを、みんなは、ついてうたっているのでした。

コウノトリよ、コウノトリ、

とんでお帰《かえ》り、おまえのうちへ
おまえのかみさん、巣《す》の中《なか》で
四羽《よんわ》の子供《こども》を寝《ね》かしてる。
一番《いちばん》めはつるされる、
二番《にばん》めはあぶられよ。
三番《さんばん》めは焼《や》き殺《ころ》されて、
四番《よんばん》めはぬすまれよ！

「ねえ、あの男《おとこ》の子《こ》たちが、あんなことをうたっているよ」と、コウノトリの小《ちい》さな子供《こども》たちは、言《い》いました。「ぼくたち、つるされたり、焼《や》き殺《ころ》されたりするんだってさ」

「あんなこと、気《き》にしないでおいで」と、コウノトリのおかあさんは、言《い》いました。「聞《き》かないでいらっしゃい。なんでもないいんだからね」

けれども、男《おとこ》の子《こ》たちは、なおもうたいつづけて、コウノトリのほうを指《ゆび》さしました。中《なか》にひとりだけ、ペーテルという男《おとこ》の子《こ》は、動物《どうぶつ》をからかうのはいけないことだと言《い》って、仲間《なかま》にはいろうとしませんでした。コウノトリのおかあさんは、ひな鳥《どり》たちをなぐさめて、こう言《い》いました。「心配《しんぱい》しなくてもいいいんだよ。ほら、ごらん。おとうさんは、あんなにおちついて、じっと立《た》っていらっしゃるじゃないの。おまけに、片足《かたあし》でね」

「ぼくたち、とってもこわい！」ひな鳥《どり》たちは、こう言《い》って、頭《あたま》を巣《す》のおくへひっこめました。

つぎの日《ひ》も、男《おとこ》の子《こ》たちが、またあそびに集《あつ》まってきました。コウノトリを見《み》ると、きのうと同《おな》じように、うたいはじめました。

一番《いちばん》めはつるされる、
二番《にばん》めはあぶられるよ！

「ぼくたち、つるされたり、焼《や》き殺《ころ》されたりするの？」

と、コウノトリの子供《こども》たちは、たずねました。

「いいえ、そんなことはありませんとも！」と、おかあさんは言《い》いました。「おまえたちは、もう、とぶことをおぼえなければいけません。おかあさんが、おけいこさせてあげますよ。そしたら、あたしたち、みんなで草《くさ》原《はら》へとんでいって、カエルをたずねてやりましょう。カエルたちはね、水《みず》の中《なか》からあたしたちにおじぎをして、コアックス、コアックス！　って、うたうんですよ。それから、あたしたちはそのカエルを食《た》べてしまうの。ほんとに、そりゃあ楽《たの》しいことですよ！」

「そうして、それからは？」と、コウノトリの子供《こども》たちは、たずねました。

「それから、この国《くに》じゅうにいるコウノトリが、みんな集《あつ》まって、秋《あき》の大演習《だいえんしゅう》がはじまるんですよ。そのときは、みんな、うまくとばなければいけませんよ。それは、とってもだいじなことなんですからね。だってね、いいかい、とべないものは、大将《たいしょう》さんに、くちばしでつつき殺《ころ》されてしまうんですもの。だから、おけいこがはじまったら、よくおぼえるようにするんですよ」

「じゃあ、やっぱり、あの男《おとこ》の子《こ》たちが言《い》ってたように、ぼくたち、殺《ころ》されるんだね。ねえ、ほら、また言《い》ってるよ」

「おかあさんの言《い》うことを、よくお聞《き》き！　あんな男《おとこ》の子《こ》たちの言《い》うことは、聞《き》くんじゃありません！」と、コウノトリのおかぁさんは、言《い》いました。「その大演習《だいえんしゅう》がおわったら、あたしたちはね、いくつもいくつも山《やま》や森《もり》をこえて、ここからずっと遠《とお》くの、暖《あたた》かいお国《くに》へとんでいくんです。そうやって、エジプトというお国《くに》へ、あたしたちは行《い》くのよ。そこには、三角《さんかく》の形《かたち》をした、石《いし》のお家《うち》があるの。先《さき》がとがっていて、雲《くも》の上《うえ》にまで高《たか》くつきでているのよ。このお家《うち》は、ピラミッドといってね、コウノトリなんかには、とても想像《そうぞう》がつかないほど、古《ふる》くからあるものなのよ。それから、大《おお》きな川《かわ》もあるわ。その川《かわ》の水《みず》があふれると、そのお国《くに》はどろ沼《ぬま》になってしまうの。そしたら、そのどろ沼《ぬま》の中《なか》を歩《ある》きまわって、カエルを食《た》べるのよ」

「うわあ、すごい！」と、ひな鳥《どり》たちは、口《くち》をそろえて言《い》いました。

「そうですとも。とってもすてきよ！　一日《いちにち》じゅう、食《た》べることのほかには、なんにもしないんですもの。そっちではね、あたしたちが、そんなに楽《たの》しく暮《くら》しているのに、このお国《くに》では、木《き》に青《あお》い葉《は》っぱが一枚《いちまい》もなくなってしまうのよ。ここはほんとに寒《さむ》くってね、雲《くも》はこなごなにこおって、白《しろ》い小《ちい》さなぼろきれみたいになって、落《お》ちてくるんですよ」おかあさんの言《い》っているのは、雪《ゆき》のことだったのです。けれども、これよりうまくは、説明《せつめい》することができませんでした。

「じゃあ、あのいたずらっ子《こ》たちも、こなごなにこおってしまうの？」と、コウノトリの子供《こども》たちは、たずねました。

「いいえ、あの子《こ》たちは、こなごなにこおって、くだけたりはしませんよ。でも、まあ、そうなったもおんなじで、みんな、暗《くら》いお部屋《へや》の中《なか》にひっこんで、じっと、ちぢこまっていなければならないの。それなのに、おまえたちは、きれいなお花《はな》が咲《さ》いて、暖《あたた》かいお日《ひ》さまのかがやいている、よそのお国《くに》をとびまわっていることができるんですよ」

やがて、幾日《いくにち》か、たちました。ひな鳥《どり》たちは、もうずいぶん大《おお》きくなったので、巣《す》の中《なか》で立《た》ちあがって、遠《とお》くまで見《み》まわすことができるようになりました。コウノトリのおとうさんは、毎日毎日《まいにちまいにち》、おいしいカエルや、小《ちい》さなヘビや、そのほか、見《み》つけることのできたごちそうを、かたっぱしから持《も》ってきてくれました。それから、おとうさんは、子供《こども》たちに、いろんな芸当《げいとう》をやってみせました。そのようすは、ほんとにゆかいでした。頭《あたま》をうしろへそらせて、しっぽの上《うえ》においてみせたり、小《ちい》さなガラガラのように、くちばしで鳴《な》いてみせたりするのです。それから、いろんなお話《はなし》もして聞《き》かせました。それは、ぜんぶ沼《ぬま》のお話《はなし》でした。

「さあ、おまえたちは、とぶおけいこをしなきゃいけませんよ」と、ある日《ひ》、コウノトリのおかあさんが、言《い》いました。そこで、四羽《よんわ》のひな鳥《どり》たちは、屋根《やね》の頂《いただき》に出《で》なければなりませんでした。まあ、なんて、よろよろ、よろめいたことでしょう！　みんなは、羽《はね》で、からだのつりあいをとっていたのですが、そうしていても、いまにもころがり落《お》ちそうでした。

「いいかい、おかあさんをごらん」と、おかあさんが言《い》いました。「こんなふうに頭《あたま》をあげて。足《あし》は、こんなふうにおろすんですよ。一《いち》、二《に》！　一《いち》、二《に》！　これができたら、世《よ》の中《なか》へ出《で》てもだいじょうぶよ」それから、おかあさんは、いくらかとんでみせました。つづいて、子《こ》供《ども》たちもぶきっちょに、ちょっとはねあがりましたが、バタッと、たおれてしまいました。まだ、からだが重《おも》すぎたのです。

「ぼく、とぶのはいやだよ」一羽《いちわ》のひな鳥《どり》は、こう言《い》って、巣《す》の中《なか》へはいこんでしまいました。「暖《あたた》かい国《くに》へなんか、行《い》かなくったっていいや！」

「じゃあ、おまえは、冬《ふゆ》がきたら、ここで、こごえ死《し》んでもいいの？　あの男《おとこ》の子《こ》たちがやってきて、おまえをつるして、あぶって、焼《や》き殺《ころ》してしまってもいいの？

なら、おかあさんが、男《おとこ》の子《こ》たちを呼《よ》んできてあげましょう」

「いやだ、いやだ」と、そのコウノトリの子供《こども》は言《い》って、ほかのひな鳥《どり》たちと同《おな》じように、また、屋根《やね》の上《うえ》をはねまわりました。三日《みっか》めには、すこしでしたけれども、みんなは、ほんとうにとぶことができるようになりました。こうなると、もう自分《じぶん》たちも、空《そら》に浮《うか》ぶことができるだろう、と思《おも》いました。それで、みんなはじっと浮《うか》んでいようとしましたが、すぐに、バタッと、落《お》っこちてしまいました。ですから、また、あわてて羽《はね》を動《うご》かさなければなりませんでした。

そのとき、男《おとこ》の子《こ》たちが下《した》の通《とお》りへ集《あつ》まってきて、またうたいだしました。

「コウノトリよ、コウノトリ、とんでお帰《かえ》り、おまえのうちへ！」

「ぼくたち、とびおりてって、あの子《こ》たちの目玉《めだま》を、くりぬいてやっちゃいけない？」と、ひな鳥《どり》たちは言《い》いました。

「いけません。ほうっておきなさい」と、おかあさんは言《い》いました。「おかあさんの言《い》うことだけ聞《き》いていれば、いいんですよ。そのほうが、ずっとだいじなことなんですよ。一《いち》、二《に》、三《さん》！　さあ、右《みぎ》へまわって！　一《いち》、

二《に》、三《さん》！　今度《こんど》は、えんとつを左《ひだり》のほうへまわって！　――ほうら、ずいぶんじょうずにできたじゃないの。いちばんおしまいの羽《は》ばたきは、とってもきれいに、うまくできましたよ。じゃ、あしたは、おかあさんといっしょに、沼《ぬま》へ行《い》かせてあげましょうね。そこへは、りっぱなコウノトリの家《いえ》のひとたちが、幾人《いくにん》も、子供《こども》たちを連《つ》れてきているんですよ。だから、その中《なか》で、おかあさんの子《こ》が、いちばんりっぱなことを、見《み》せてちょうだいね。からだをまっすぐ起《おこ》して！　そうすりゃ、とってもりっぱに見《み》えて、ひとからもうやまわれるんですよ！」

「だけど、あのいたずらっ子《こ》たちに、しかえしをしてやっちゃいけないの？」と、コウノトリの子供《こども》たちは、たずねました。

「どなりたいように、どならせておきなさい。おまえたちは、雲《くも》の上《うえ》まで高《たか》くとび上《あ》がって、ピラミッドのお国《くに》へとんでいくんでしょう。そのときはね、あの男《おとこ》の子《こ》たちは寒《さむ》くって、ぶるぶるふるえているんですよ。それに、青《あお》い葉《は》っぱも、おいしいリンゴも、なに一《ひと》つないんですよ」

「でも、ぼくたち、しかえしをしてやろうね」と、子《こ》供《ども》たちは、たがいにささやきあいました。それから、またおけいこをつづけました。

通《とお》りに集《あつ》まる男《おとこ》の子《こ》たちの中《なか》で、いつもあのわる口《くち》の歌《うた》をうたっているよくない子《こ》は、いつか、いちばんさいしょにうたいはじめた、あの男《おとこ》の子《こ》でした。その子《こ》は、まだほんの小《ちい》さな子《こ》で、六《むっ》つより上《うえ》には見《み》えませんでした。でも、コウノトリの子供《こども》たちにしてみれば、その子《こ》は自分《じぶん》たちのおかあさんや、おとうさんよりも、ずっとずっと大《おお》きいのですから、年《とし》は百《ひゃく》ぐらいだろうと思《おも》っていました。むりもありません。コウノトリの子供《こども》たちに、人間《にんげん》の子供《こども》や、おとなの人《ひと》の年《とし》が、どうしてわかるはずがありましょう。

コウノトリの子供《こども》たちが、しかえしをしてやろうというのは、この男《おとこ》の子《こ》にたいしてだったのです。だって、この子《こ》がいちばんさいしょにうたいだしたのですし、それに、いつもきまって、歌《うた》の仲間《なかま》にはいっていたのですから。コウノトリの子供《こども》たちは、心《こころ》からおこっていました。そして、大《おお》きくなるにつれて、だんだん、がまんができなくなりました。それで、とうとう、おかあさんも、しかえしをしてもいい、と、約束《やくそく》しなければならなくなってしまいました。でも、この国《くに》をたっていく、さいごの日《ひ》まで、してはいけない、と、言《い》い聞《き》かせたのでした。

「それよりも、今度《こんど》の大演習《だいえんしゅう》のときに、おまえたちがどんなにやれるか、まずさきに、それを見《み》ましょうよ。もし、おまえたちがうまくできなければ、大将《たいしょう》さんがくちばしで、おまえたちの胸《むね》をつつくんですよ。そうすりゃ、あの男《おとこ》の子《こ》たちの言《い》ったことが、すくなくとも一《ひと》つは、ほんとうになるじゃないの。さあ、どうなるかしらね」

「わかりました。見《み》ていてよ！」と、コウノトリの子《こ》供《ども》たちは言《い》って、それからは、ほんとうにいっしょうけんめい、おけいこをしました。こうして、毎日毎日《まいにちまいにち》、おけいこをしたおかげで、とうとう、みんなは、軽《かる》がるときれいにとぶことができるようになりました。ほんとに、楽《たの》しいことでした。

やがて、秋《あき》になりました。コウノトリたちは、このわたしたちの国《くに》へ冬《ふゆ》がきているあいだ、暖《あたた》かい国《くに》へとんでいくために、みんな集《あつ》まってきました。それは、たいへんな演習《えんしゅう》でした！　コウノトリたちは、どのくらいとべるかをためすために、いくつもいくつも、森《もり》や村《むら》の上《うえ》をとばなければなりませんでした。なにしろ、これからさき、長《なが》い長《なが》い旅《たび》をしなければならないのですからね。あのコウノトリの子供《こども》たちは、たいそうみごとにやってのけましたので、ごほうびに、「カエルとヘビ」という、優等賞《ゆうとうしょう》をいただきました。それは、いちばんよい点《てん》だったのです。そして、このいちばんよい点《てん》をもらったものは、カエルとヘビを食《た》べてもいいことになっていました。

ですから、このコウノトリの子供《こども》たちも、それを食《た》べました。

「さあ、今度《こんど》は、しかえしだ！」と、みんなは言《い》いました。

「そうですとも！」と、コウノトリのおかあさんは、言《い》いました。「おかあさんがね、いま頭《あたま》の中《なか》で考《かんが》えたことは、とってもすてきなことなんですよ。おかあさんは、ちっちゃな人間《にんげん》の赤《あか》ちゃんたちのいる、お池《いけ》のあるところを知《し》っているの。人間《にんげん》の赤《あか》ちゃんたちはね、コウノトリが行《い》って、おとうさんやおかあさんのところへ連《つ》れていってあげるまで、そこに寝《ね》ているんですよ。かわいらしい、ちっちゃな赤《あか》ちゃんたちは、そういうふうに、そこに寝《ね》ていて、大《おお》きくなってからは、もう二度《にど》と見《み》ることのない、楽《たの》しい夢《ゆめ》を見《み》ているのよ。おとうさんやおかあさんは、だれでも、そういうちっちゃな赤《あか》ちゃんをほしがっているし、子供《こども》たちは子供《こども》たちで、みんな、妹《いもうと》や弟《おとうと》をほしがっているんですよ。さあ、あたしたちは、みんなでそのお池《いけ》へとんでいって、わる口《くち》の歌《うた》をうたわなかった子《こ》や、コウノトリをからかったりしなかった子《こ》のところへ、かわいらしい赤《あか》ちゃんをひとりずつ、連《つ》れていってやりましょうね。みんな、いい子《こ》なんですから」

「でも、あの子《こ》には？　ほら、さいしょに歌《うた》をうたいはじめた、あのいじわるの、いたずらっ子《こ》には？」と、若《わか》いコウノトリたちは、さけびました。「あの子《こ》にはどうするの？」

「そのお池《いけ》には、死《し》んだ夢《ゆめ》を見《み》ている、死《し》んだ赤《あか》ちゃんもいるのよ。だから、あの子《こ》のところへは、その死《し》んだ赤《あか》ちゃんを連《つ》れていってやりましょう。あたしたちが死《し》んだ弟《おとうと》を連《つ》れていけば、あの子《こ》は、きっと泣《な》き出《だ》しますよ。けれど、あのいい子《こ》にはね、おまえたちも、きっと忘《わす》れてはいないでしょう、ほら、『動物《どうぶつ》をからかうのは、いけないことだ』と、言《い》ったあの子《こ》ね、あの子《こ》のところへは、弟《おとうと》と妹《いもうと》を連《つ》れていってやりましょう。それから、あのいい子《こ》はペーテルという名前《なまえ》だから、おまえたちもみんな、ペーテルという名前《なまえ》にしてあげましょうね」

こうして、おかあさんの言《い》ったとおりになりました。

それから、コウノトリは、みんなペーテルという名前《なまえ》になりました。こういうわけで、いまでも、コウノトリは、ペーテルと呼《よ》ばれているんですよ。

【凡例】

・本編「コウノトリ」は、青空文庫作成の文字データを使用した。

底本：「マッチ売りの少女　（アンデルセン童話集Ⅲ）」新潮文庫、新潮社

　　1967（昭和42）年12月10日発行

　　1981（昭和56）年5月30日21刷

入力：チエコ

校正：木下聡

2020年3月28日作成

・文字遣いは、青空文庫のデータによる。

・この作品には、今日からみれば不適切と思われる表現が含まれているが、作品の描かれた時代と、作品本来の価値に鑑み、底本のままとした。

・ルビは、青空文庫のものに加えて、新字新仮名のルビを付し、総ルビとした。

・追加したルビには文字遣いの他、読み方など格段の基準は設けていない。

ナイチンゲール

中国《ちゅうごく》という国《くに》では、みなさんもごぞんじのことと思《おも》いますが、皇帝《こうてい》は中国人《ちゅうごくじん》です。それから、おそばにつかえている人《ひと》たちも、みんな中国人《ちゅうごくじん》です。さて、これからするお話《はなし》は、もう今《いま》からずっとむかしにあったことですけれど、それだけに、かえって今《いま》お話《はなし》しておくほうがいいと思《おも》うのです。なぜって、そうでもしておかなければ、忘《わす》れられてしまいますからね。

皇帝《こうてい》の住《す》んでいる御殿《ごてん》は、世界《せかい》でいちばんりっぱな御《ご》殿《てん》でした。なにもかもが、りっぱな瀬戸物《せともの》で作《つく》られていました。それには、ずいぶんお金《かね》がかかっていました。ただ、とってもこわれやすいので、うっかり、さわりでもすれば、たいへんです。ですから、みんなは、よく気《き》をつけなければなりません。

お庭《にわ》には、世《よ》にもめずらしい花《はな》が咲《さ》きみだれていました。なかでも、いちばん美《うつく》しい花《はな》には、銀《ぎん》の鈴《すず》がゆわえつけてありました。その鈴《すず》は、たいそうよい音《おと》をたてて、リンリンと鳴《な》りましたので、そのそばを通《とお》るときには、だれでも、つい、花《はな》のほうに気《き》をとられるほどでした。

ほんとうに、皇帝《こうてい》のお庭《にわ》にあるものは、なにもかもが、さまざまの工夫《くふう》をこらしてありました。おまけに、そのお庭《にわ》の広《ひろ》いことといったら、おどろいてしまいます。お庭《にわ》の手入《てい》れをする植木屋《うえきや》でさえも、いったい、どこがお庭《にわ》のおわりなのか、見当《けんとう》もつかないくらいだったのです。そのお庭《にわ》をどんどん歩《ある》いて行《ゆ》くと、このうえもなく美《うつく》しい森《もり》に出《で》ました。そこには、高《たか》い木々《きぎ》がしげっていて、深《ふか》い湖《みずうみ》がいくつもありました。森《もり》は、青々《あおあお》とした深《ふか》い湖《みずうみ》の岸《きし》までつづいていて、木々《きぎ》の枝《えだ》は水《みず》の上《うえ》までひろがっていました。大《おお》きな船《ふね》でも、帆《ほ》をはったまま、その下《した》を通《とお》ることができました。

さて、その枝《えだ》に、一羽《いちわ》のナイチンゲールが住《す》んでいました。その歌声《うたごえ》は、ほんとうにすばらしいものでした。ですから、仕事《しごと》にいそがしい、貧《まず》しい漁師《りょうし》でさえも、夜《よる》、網《あみ》をうちにでて、ナイチンゲールの歌声《うたごえ》を耳《みみ》にすると、思《おも》わず仕事《しごと》の手《て》をやすめてはじっと聞《き》きいったものでした。

「ああ、なんといううきれいな声《こえ》だ！」と、漁師《りょうし》は言《い》いました。けれども、また仕事《しごと》にかからねばなりません。それで、鳥《とり》のことは、それなり忘《わす》れてしまいました。けれども、またつぎの晩《ばん》、漁《りょう》にでかけて、ナイチンゲールの歌《うた》を聞《き》くと、漁師《りょうし》はまた同《おな》じように言《い》うのでした。

「ああ、まったく、なんといううきれいな声《こえ》だ！」

世界《せかい》じゅうの国々《くにぐに》から、旅行者《りょこうしゃ》が皇帝《こうてい》の都《みやこ》にやってきました。みんなは、御殿《ごてん》とお庭《にわ》を見《み》ると、そのすばらしさに、ただただおどろきました。ところが、ナイチンゲールの歌声《うたごえ》を聞《き》くと、

「ああ、これこそ、いちばんだ」と、口々《くちぐち》に言《い》いました。

旅行者《りょこうしゃ》たちは、自分《じぶん》の国《くに》へ帰《かえ》ると、さっそく、そのことを人《ひと》に話《はな》しました。学者《がくしゃ》たちは、皇帝《こうてい》の都《みやこ》と、御殿《ごてん》と、お庭《にわ》とについて、幾冊《いくさつ》も幾冊《いくさつ》も、本《ほん》を書《か》きました。もちろん、ナイチンゲールのことを、忘《わす》れるようなことはありません。それどころか、ナイチンゲールは、いちばんすぐれたものとされました。詩《し》をつくることのできる人《ひと》

たちは、あの深《ふか》い湖《みずうみ》のほとりの森《もり》に住《す》んでいるナイチンゲールについて、それはそれは美《うつく》しい詩《し》をつくりました。

こういう本《ほん》は、世界《せかい》じゅうにひろまりました。ですから、そのうちのいくつかは、しぜんと皇帝《こうてい》の手《て》にもはいりました。皇帝《こうてい》は、自分《じぶん》の金《きん》の椅子《いす》に腰《こし》かけて、何度《なんど》も何度《なんど》も、くりかえし読《よ》みました。そして、ひっきりなしにうなずきました。それもそのはず、自分《じぶん》の都《みやこ》や、御殿《ごてん》や、お庭《にわ》のことが、美《うつく》しく書《か》かれているのを読《よ》むのは、うれしいことにちがいありませんからね。

「しかし、なんといっても、ナイチンゲールが、いちばんすぐれている」と、そこには書《か》いてありました。

「これは、なんじゃ？」と、皇帝《こうてい》は言《い》いました。「ナイチンゲールじゃと？　そのような鳥《とり》は、知《し》らんわい！　そんな鳥《とり》が、このわしの国《くに》にいるんじゃと？　おまけに、わしの庭《にわ》にいるそうじゃが。はて、わしは、まだ聞《き》いたこともないが。本《ほん》を読《よ》んで、はじめて知《し》ったというわけか」

そこで、皇帝《こうてい》は、侍従《じじゅう》を呼《よ》びました。この侍従《じじゅう》は、たいそう身分《みぶん》の高《たか》い人《ひと》でしたので、自分《じぶん》より位《くらい》の低《ひく》いものが、こわごわ話《はな》しかけたり、なにかたずねたりしても、ただ、「プー！」と答《こた》えるだけでした。むろん、この返《へん》事《じ》には、なんの意味《いみ》もありません。

「わが国《くに》に、世《よ》にもめずらしい鳥《とり》がおるそうじゃな。ナイチンゲールとか、申《もう》すそうじゃが」と、皇帝《こうてい》は言《い》いました。「なんでも、わが大帝国《だいていこく》の中《なか》で、いちばんすぐれたものだということじゃ。なぜ今《いま》まで、わしに、そのことを、ひとことも申《もう》さなかったのか」

「わたくしは、今《いま》までに、そのようなもののことを、聞《き》いたことがございません」と、侍従《じじゅう》は申《もう》しました。「今日《こんにち》まで、そのようなものが、宮中《きゅうちゅう》に、まかりでたことはございません」

「今夜《こんや》にも、さっそく、そのものを連《つ》れてまいって、わしの前《まえ》でうたわせてみよ」と、皇帝《こうてい》は言《い》いました。「世《せ》界《かい》じゅうのものが、知《し》っておるというのに、わしだけが、自分《じぶん》のもっているものを知《し》らんとは、あきれかえった話《はなし》じゃ」

「わたくしは、いままでに、そのようなもののことを、聞《き》いたこともございません」と、侍従《じじゅう》は言《い》いました。「ですが、かならず、そのものをさがしだし、見《み》つけてまいります」

でも、いったい、どこへいったら、見《み》つかるのでしょう？　侍従《じじゅう》は、階段《かいだん》という階段《かいだん》を、あがったり、おりたり、広間《ひろま》をかけぬけたり、廊下《ろうか》を走《はし》りまわったりしました。しかし、だれに出会《であ》っても、ナイチンゲールのことを聞《き》いたという人《ひと》はひとりもいないのです。それで、侍従《じじゅう》は、また、皇帝《こうてい》のところへかけもどって、「おそらくそれは、本《ほん》を書《か》いた人《ひと》たちの作《つく》り話《ばなし》にちがいございません」と、申《もう》しあげました。

「陛下《へいか》が、書物《しょもつ》に書《か》かれておりますことを、すべて、お信《しん》じになりませぬよう、お願《ねが》い申《もう》しあげます。なかには、いろいろの作《つく》りごともございますし、また、妖術《ようじゅつ》などといわれておりますようなものもございますので」

「だが、わしが読《よ》んだという本《ほん》は」と、皇帝《こうてい》は言《い》いました。「りっぱな、日本《にっぽん》の天皇《てんのう》より、送《おく》られてきたものじゃ。それゆえ、うそいつわりの、書《か》いてあろうはずがない。わしは、ぜがひでも、ナイチンゲールのうたうのを聞《き》きたい。どうあっても、今夜《こんや》、ナイチンゲールをここへ連《つ》れてまいれ。なにをおいても、いちばんかわいがってやるぞ。しかし、もしも連《つ》れてまいらぬときは、よいか、宮中《きゅうちゅう》の役人《やくにん》どもは、夕食《ゆうしょく》のあとで、ひとりのこらず、腹《はら》をぶつことにいたすぞ」

「チン、ペー!」

と、侍従《じじゅう》は言《い》って、またまた、階段《かいだん》をあがったり、おりたり、広間《ひろま》をかけぬけたり、廊下《ろうか》を走《はし》りまわったりしました。すると、宮中《きゅうちゅう》のお役人《やくにん》の半分《はんぶん》もの人《ひと》たちが、いっしょになってかけずりまわりました。だれだって、おなかをぶたれるのはいやですからね。こうして、世界《せかい》じゅうの人々《ひとびと》が知《し》っているのに、宮中《きゅうちゅう》の人《ひと》たちだけが知《し》らない、ふしぎなナイチンゲールの捜索《そうさく》がはじまったのです。

とうとうしまいに、みんなは、台所《だいどころ》で働《はたら》いている、貧《まず》しい小娘《こむすめ》に出会《であ》いました。ところが、娘《むすめ》はこう言《い》いました。

「ああ、ナイチンゲールのことでございますか。それなら、あたし、よく知《し》っておりますわ。はい、ほんとに、じょうずにうたいます。

毎晩《まいばん》、あたしはおゆるしをいただきまして、かわいそうな、病気《びょうき》の母《はは》のところへ、お食事《しょくじ》ののこりものを、すこしばかり持《も》ってまいりますの。母《はは》は、浜《はま》べに住《す》んでいるのでございます。あたしが、御殿《ごてん》へもどってまいりますとき、つかれて、森《もり》の中《なか》で休《やす》んでおりますと、ナイチンゲールの歌声《うたごえ》が、聞《き》こえてくるのでございます。それを聞《き》いておりますと、思《おも》わず、涙《なみだ》が浮《う》かんでまいります。まるで、母《はは》が、あたしにキスをしてくれるような気持《きもち》がいたしますの」

「これ、これ、娘《むすめ》」と、侍従《じじゅう》が言《い》いました。「わしたちを、そのナイチンゲールのところへ、連《つ》れていってくれ。そのかわり、わしは、おまえを、お台所《だいどころ》の役人《やくにん》にしてやろう。そのうえ、皇帝《こうてい》さまが、お食事《しょくじ》をめしあがるところも、見《み》られるようにしてやろう。というのは、皇帝《こうてい》さまが、今夜《こんや》ナイチンゲールを連《つ》れてくるようにと、おっしゃっておいでなのでな」

それから、みんなで、ナイチンゲールがいつも歌《うた》をうたっているという、森《もり》へでかけました。宮中《きゅうちゅう》のお役人《やくにん》も、半分《はんぶん》ほどの人《ひと》たちが、ぞろぞろとついていきました。こうして、みんなが、いさんで歩《ある》いて行《ゆ》くと、一《いっ》ぴきのめ・ウシが鳴《な》きはじめました。

「ああ、あれだ!」と、小姓《こしょう》たちが言《い》いました。「やっと、見《み》つかったぞ。だが、あんなちっぽけな動物《どうぶつ》なのに、ずいぶん力強《ちからづよ》い声《こえ》を出《だ》すんだなあ。だけど、あれなら、前《まえ》にも、たしかに聞《き》いたことがあるぞ」

「いいえ、あの声《こえ》は、めウシでございます」と、お台《だい》所《どころ》の小娘《こむすめ》が言《い》いました。「その場所《ばしょ》までは、まだまだ、かなりございます」

今度《こんど》は、沼《ぬま》の中《なか》でカエルが鳴《な》きました。

「なるほど、すばらしい！　おお、聞《きこ》える、聞《きこ》える。まるで、お寺《てら》の小《ち》さな鐘《かね》が、鳴《な》っているようだの」と、宮中《きゅうちゅう》づきの中国人《ちゅうごくじん》の坊《ぼう》さんが言《い》いました。

「いいえ、いいえ、あれは、カエルでございます」と、お台所《だいどころ》の小娘《こむすめ》は言《い》いました。「ですが、もうじき、聞《きこ》えると思《おも》います」

やがて、ナイチンゲールが鳴《な》きはじめました。

「あれでございます」と、小娘《こむすめ》が言《い》いました。「お聞《き》きください! お聞《き》きください! そら、そら、あそこにおりますわ」

こう言《い》いながら、娘《むすめ》は、上《うえ》のほうの枝《えだ》にとまっている、小《ち》さな灰色《はいいろ》の鳥《とり》を指《ゆび》さしました。

「これは、おどろいたな」と、侍従《じじゅう》が言《い》いました。「あんなものとは、思《おも》いもよらなかった。ふつうのつまらん鳥《とり》と、すこしもかわらんではないか。さては、こんなに大《おお》ぜい、えらい人《ひと》たちがきたものだから、鳥《とり》のやつ、色《いろ》をうしなってしまったんだな」

「かわいいナイチンゲールさん！」と、お台所《だいどころ》の小娘《こむすめ》は、大《おお》きな声《こえ》で呼《よ》びかけました。「あたしたちの、おめぐみぶかい皇帝《こうてい》さまが、あなたに歌《うた》をうたってもらいたい、とおっしゃってるのよ」

「このうえもない、しあわせでございます」

ナイチンゲールは、こう言《い》って、なんともいえない、きれいな声《こえ》でうたいました。

「まるで、ガラスの鈴《すず》が鳴《な》るようではないか！」と、侍従《じじゅう》が言《い》いました。「あの小《ちい》さなのどを見《み》なさい。なんとまあ、よく動《うご》くではないか。わしたちが、今《いま》まで、これを聞《き》いたことがないというのは、まったくふしぎなくらいだ。しかし、これなら、宮中《きゅうちゅう》でも、きっとうまくやるだろう」

「もう一度《いちど》、皇帝《こうてい》さまに、うたってさしあげましょうか？」

ナイチンゲールは、皇帝《こうてい》もそこにいるものと思《おも》ってこう言《い》いました。

「これは、これは、すばらしいナイチンゲールどの！」

と、侍従《じじゅう》は言《い》いました。「今夜《こんや》、あなたを、宮中《きゅうちゅう》の宴会《えんかい》におまねきするのは、わしにとって大《おお》きなよろこびです。

宮中《きゅうちゅう》へまいりましたら、あなたの美《うつく》しい声《こえ》で、どうか、皇帝陛下《こうていへいか》のみ心《こころ》を、おなぐさめ申《もう》しあげてください」

「わたくしの歌《うた》は、このみどりの森《もり》の中《なか》で聞《き》いていただくのが、いちばんよいのでございます」と、ナイチンゲールは言《い》いました。けれども、皇帝《こうてい》がお望《のぞ》みになっていると聞《き》いたので、よろこんで、いっしょについていきました。

御殿《ごてん》の中《なか》は、きらびやかにかざりつけられました。瀬戸物《せともの》でできているかべや床《ゆか》は、幾千《いくせん》もの金《きん》のランプの光《ひかり》で、キラキラとかがやきました。ほんとうに、鈴《すず》のような音《おと》をたてて鳴《な》る、このうえもなく美《うつく》しい花々《はなばな》が、いくつもいくつも廊下《ろうか》におかれました。そこを、人々《ひとびと》が走《はし》りまわったり、風《かぜ》が吹《ふ》きこんできたりすると、どの花《はな》も、いっせいにリンリンリンと鳴《な》りましたので、人《ひと》の話《はなし》も聞《き》こえないくらいでした。

皇帝《こうてい》のいる、大《おお》きな広間《ひろま》のまんなかに、金《きん》のとまり木《ぎ》がおかれました。そこに、ナイチンゲールがとまることになっていたのです。この広間《ひろま》に、宮中《きゅうちゅう》のお役人《やくにん》が、ひとりのこらず集《あつ》まりました。お台所《だいどころ》の小娘《こむすめ》も、とびらのうしろに立《た》っていてよいという、おゆるしをいただきました。なにしろ、いまでは、この小娘《こむすめ》も、「宮中《きゅうちゅう》お料理人《りょうりにん》」という、名前《なまえ》をいただいているのですからね。だれもかれもが、いちばんりっぱな服《ふく》を着《き》ていました。みんなは、小《ちい》さな灰色《はいいろ》の鳥《とり》のほうを、じっと見《み》ていました。そのとき、皇帝《こうてい》が、鳥《とり》にむかってうなずいてみせました。

するとナイチンゲールが、それはそれは美《うつく》しい声《こえ》でうたいはじめました。みるみるうちに、皇帝《こうてい》の目《め》には涙《なみだ》が浮《う》かんできて、やがて、頰《ほお》をつたわって流《なが》れおちました。

すると、ナイチンゲールは、ますますきれいな声《こえ》でうたいました。それは、人《ひと》の心《こころ》の奥底《おくそこ》まで、しみとおるほどでした。皇帝《こうてい》は、心《こころ》からよろこんで、自分《じぶん》の金《きん》のスリッパを、ナイチンゲールの首《くび》にかけてやるように、と言《い》いました。ところが、ナイチンゲールは、お礼《れい》を申《もう》しあげて、ごほうびは、もうじゅうぶんいただきました、と申《もう》しました。

「わたくしは、皇帝陛下《こうていへいか》のお目《め》に、涙《なみだ》が浮《うか》びましたのを、お見《み》うけいたしました。それこそ、わたくしにとりましては、なににもまさる、宝《たから》でございます。皇帝陛下《こうていへいか》の涙《なみだ》には、ふしぎな力《ちから》があるのでございます。ほんとうに、ごほうびは、それでじゅうぶんでございます」

そう言《い》うと、またまた、人《ひと》の心《こころ》をうっとりさせる、美《うつく》しい、あまい声《こえ》で、うたいました。

「まあ、なんて、かわいらしいおせじを言《い》うのでしょう！」と、まわりにいた貴婦人《きふじん》たちが言《い》いました。それからというもの、この婦人《ふじん》たちは、だれかに話《はな》しかけられると、口《くち》の中《なか》に水《みず》をふくんで、のどをコロコロ言《い》わせました。こうして、自分《じぶん》たちも、ナイチンゲールになったような気《き》でいるのでした。

いや、侍従《じじゅう》や侍女《じじょ》たちまでも、満足《まんぞく》しているようすをあらわしました。だけど、このことは、たいへんなことなのですよ。なぜって、この人《ひと》たちを満足《まんぞく》させるなどということは、とてもとてもむずかしいことだったのですから。こういうわけで、ナイチンゲールは、ほんとうに、大成功《だいせいこう》をおさめました。

ナイチンゲールは、宮中《きゅうちゅう》にとどまることになりました。

自分《じぶん》の鳥《とり》かごも、いただきました。そして、昼《ひる》には二度《にど》、夜《よる》には一度《いちど》、毎日《まいにち》、散歩《さんぽ》にでかけるおゆるしもいただきました。でも、散歩《さんぽ》に行《ゆ》くときにも、十二人《じゅうににん》の召使《めしつかい》がおともについていくのです。おまけに、召使《めしつかい》たちは絹《きぬ》のリボンをナイチンゲールの足《あし》にゆわえつけて、それをしっかりと持《も》っているのです。こんなふうでは、散歩《さんぽ》にでかけたところで、ちっとも楽《たの》しいはずがありません。

町《まち》じゅうの人《ひと》たちは、よるとさわると、このふしぎな鳥《とり》のうわさをしあいました。ふたりの人《ひと》が、道《みち》で出会《であ》うと、きまって、そのひとりが、「ナイチンー」と言《い》いました。すると、もうひとりは、そのあとをうけて、「ゲール」と答《こた》えました。そして、ふたりは、ほっとため息《いき》をつくのでした。これで、ふたりには、おたがいの気持《きもち》が、よくわかったのです。また、それはかりではありません。食料品屋《しょくりょうひんや》の子供《こども》などは、十一人《じゅういちにん》までもが、ナイチンゲールという名前《なまえ》をつけてもらいました。もっとも、名前《なまえ》ばかりはいくらよくっても、声《こえ》のいい子《こ》はひとりもいませんでしたがね。

ある日《ひ》のこと、大《おお》きなつつみが、皇帝《こうてい》の手《て》もとへ届《とど》きました。見《み》ると、つつみの上《うえ》には、「ナイチンゲール」と書《か》いてあります。

「また、この有名《ゆうめい》な鳥《とり》のことを書《か》いた、新《あたら》しい本《ほん》がきたようじゃな」と、皇帝《こうてい》は言《い》いました。

けれども、それは本《ほん》ではありませんでした。箱《はこ》の中《なか》にはいっていたのは、小《ちい》さな置物《おきもの》です。見《み》れば、ほんとうによくできていて、生《い》きているほんものにそっくりの、ナイチンゲールでした。そのうえ、からだじゅうに、ダイヤモンドや、ルビーや、サファイヤがちりばめてありました。このつくりもの・・・・の鳥《とり》は、ねじをまけば、ほんものの鳥《とり》がうたう歌《うた》の一《ひと》つをうたいました。そして、歌《うた》をうたいながら、尾《お》を上下《じょうげ》にふりうごかすので、そのたびに、金《きん》や、銀《ぎん》が、ピカピカ光《ひか》りました。首《くび》のまわりに、小《ちい》さなリボンがさがっていて、それには、

「日本《にっぽん》のナイチンゲールの皇帝《こうてい》は、中国《ちゅうごく》のナイチンゲールの皇帝《こうてい》にくらべると、見《み》おとりがします」と、書《か》いてありました。

「これはすばらしい!」と、みんながみんな、申《もう》しました。そして、このつくりものの鳥《とり》を持《も》ってきた男《おとこ》は、さっそく、「宮中《きゅうちゅう》ナイチンゲール持参人《じさんにん》」という名前《なまえ》をいただきました。

「では、二羽《にわ》の鳥《とり》をいっしょにうたわせてみよう。そうすれば、きっと、すばらしい二重唱《にじゅうしょう》になるだろう」

こうして、二羽《にわ》の鳥《とり》が、いっしょにうたうことになりました。ところが、さっぱり、うまくいきません。ほんもののナイチンゲールは、自分《じぶん》かってにうたいますし、いっぽう、つくりものの鳥《とり》は、ワルツしかうたわないのですから。

「この鳥《とり》には、なんの罪《つみ》もございません」と、楽長《がくちょう》が申《もう》しました。「ことに、拍子《ひょうし》も正《ただ》しゅうございますし、わたくしの流儀《りゅうぎ》にも、ぴったりあっております」

そこで、つくりものの鳥《とり》が、ひとりでうたうことになりました。――つくりものの鳥《とり》は、ほんもののナイチンゲールと同《おな》じように、みごとに成功《せいこう》しました。いや、見《み》たところでは、かえって、ほんものよりもずっと美《うつく》しく見《み》えました。まるで、腕輪《うでわ》か、ブローチのように、キラキラかがやいたからです。

つくりものの鳥《とり》は、同《おな》じ一《ひと》つの歌《うた》を、三十三回《さんじゅうさんかい》もうたわされました。しかし、それでも、つかれるということはありませんでした。人々《ひとびと》は、またはじめから聞《き》きたいと申《もう》しましたが、皇帝《こうてい》は、今度《こんど》は、生《い》きているナイチンゲールにも、なにかうたわせよう、と言《い》いました。――とところが、あの鳥《とり》は、どこにいるのでしょう？　すがたが見《み》えないではありませんか。いつのまにか、あいている窓《まど》から飛《と》びだして、みどりの森《もり》へ帰《かえ》っていってしまったのです。けれども、それには、だれも気《き》がつかなかったのです。

「いやはや、なんたることじゃ！」と、皇帝《こうてい》は言《い》いました。

宮中《きゅうちゅう》の人《ひと》たちは、口々《くちぐち》に、ナイチンゲールのことをわるくいって、「なんという、恩《おん》しらずの鳥《とり》だ」と言《い》いました。「だが、わたしたちのところには、いちばんいい鳥《とり》がいる」と、人々《ひとびと》は言《い》いました。

こうして、つくりものの鳥《とり》は、またまた、うたわされることになりました。これで、もう、三十四回目《さんじゅうよんかいめ》です。うたう歌《うた》は、いつも同《おな》じなのですが、まだだれも、その歌《うた》をすっかりおぼえることができませんでした。そんなにも、むずかしい歌《うた》だったのです。そんなわけで、楽長《がくちょう》はこの鳥《とり》をほめちぎりました。「たしかに、この鳥《とり》はほんもののナイチンゲールよりもすぐれています。たとえば、着《き》ているものにしても、たくさんの美《うつく》しいダイヤモンドにしても、そればかりか、からだの中《なか》にしても、まちがいなくすぐれています」と。

「と申《もう》しますのは、陛下《へいか》、および、皆々《みなみな》さま。ほんもののナイチンゲールの場合《ばあい》には、どんな歌《うた》が飛《と》びだしてまいりますやら、わたくしどもには、見当《けんとう》もつきません。ところが、つくりものの鳥《とり》の場合《ばあい》には、なんでも、きちんときまっております。しかも、いつも、きまったとおりであって、それとちがったようになることは、けっしてございません。

わたくしどもは、それを説明《せつめい》することができるのでございます。中《なか》を開《ひら》きまして、人間《にんげん》がどのような工夫《くふう》をこらしたかを、だれにでも見《み》せることができるのでございます。たとえば、ワルツはどんなふうにはいっているか、そして、どんなふうに動《うご》くか、そしてまた、どの曲《きょく》のあとに、どの曲《きょく》がつづいてくるか、ということなども、明《あき》らかにすることができるのでございます」

「わたくしも、そう思《おも》います」と、みんなは、口々《くちぐち》に言《い》いました。楽長《がくちょう》は、つぎの日曜日《にちようび》に、この鳥《とり》を国民《こくみん》に見《み》せてもよい、というおゆるしをいただきました。

「では、歌《うた》も聞《き》かせてやるがよい」と、皇帝《こうてい》は言《い》いました。

人々《ひとびと》は、その歌《うた》を聞《き》くと、まるで、お茶《ちゃ》に酔《よ》ったように、とても楽《たの》しくなりました。この、お茶《ちゃ》に酔《よ》うというのは、まったく中国式《ちゅうごくしき》なのです。みんなは、「オー！」と言《い》って、「つまみぐい」と呼《よ》んでいる人《ひと》さし指《ゆび》を空《そら》にむけてうなずきました。けれども、ほんもののナイチンゲールのうたうのを聞《き》いたことのある、あの貧《まず》しい漁師《りょうし》たちだけは、こう言《い》いました。

「たしかにいい声《こえ》だし、姿《すがた》もよく似《に》ている。だが、なんとなく、ものたりないな。それがなんだかは、わからないが」

ほんもののナイチンゲールは、とうとう、この国《くに》から追《お》い出《だ》されてしまいました。

つくりものの鳥《とり》は、皇帝《こうてい》の寝床《ねどこ》のすぐそばに、絹《きぬ》のふとんをいただいて、その上《うえ》にいることになりました。あっちこっちから送《おく》られてきた、金《きん》だの、宝石《ほうせき》だのが、そのまわりに置《お》かれました。つくりものの鳥《とり》は、「皇帝《こうてい》のご寝室《しんしつ》づき歌手《かしゅ》」という、名前《なまえ》をいただき、位《くらい》は左側第一位《ひだりがわだいいちい》にのぼりました。皇帝《こうてい》は、心臓《しんぞう》のある左側《ひだりがわ》のほうが、右側《みぎがわ》よりもすぐれていると、思《おも》っていたからです。やっぱり、皇帝《こうてい》でも、心臓《しんぞう》は左側《ひだりがわ》にありますからね。

楽長《がくちょう》は、つくりものの鳥《とり》について、二十五冊《にじゅうごさつ》も本《ほん》を書《か》きました。その本《ほん》はたいへん学問的《がくもんてき》で、たいそう長《なが》く、おまけに、とんでもなくむずかしい中国《ちゅうごく》の言葉《ことば》で書《か》いてありました。けれども、みんなはそれを読《よ》んで、よくわかった、と言《い》いました。なぜって、そう言《い》わなければ、ばかものあつかいされて、おなかをぶたれてしまいますからね。

こうして、まる一年《いちねん》たちました。いまでは、皇帝《こうてい》も、宮中《きゅうちゅう》の人《ひと》たちも、そのほかの中国人《ちゅうごくじん》たちも、みんな、このつくりものの鳥《とり》のうたう歌《うた》なら、どんな小《ちい》さな節《ふし》でも、すっかりそらでおぼえてしまいました。それだからこそ、みんなはこの鳥《とり》を、いちばんすばらしいものに思《おも》いました。みんなは、いっしょに、うたうこともできるようになりました。そして、じっさい、いっしょにうたいました。通《とお》りの子供《こども》たちまで、「チ、チ、チ！　クルック、クルック、クルック、クルック！」と、うたいました。皇帝《こうてい》も、いっしょになって、うたいました。――ほんとうに、またとない、楽《たの》しいことでした。

ところが、ある晩《ばん》のことです。つくりものの鳥《とり》が、いつものようにじょうずに歌《うた》をうたい、皇帝《こうてい》が寝床《ねどこ》の中《なか》にはいって、それを聞《き》いていますと、きゅうに、鳥《とり》のからだの中《なか》で、「プスッ」という音《おと》がしました。そして、なにかが、はねとびました。と、たちまち、歯車《はぐるま》という歯《は》車《ぐるま》が、「ブルルル！」と、からまわりをして、音楽《おんがく》が、はたとやんでしまったではありませんか。

皇帝《こうてい》は、すぐさま寝床《ねどこ》からはねおきて、お医者《いしゃ》さまを呼《よ》びました。でも、お医者《いしゃ》さまに何《なに》ができましょう！　そこで、今度《こんど》は、時計屋《とけいや》を呼《よ》んでこさせました。時計屋《とけいや》は、いろいろとたずねたり、しらべたりしてから、どうにか、もとのようになおしました。ところが、

「これは、たいせつにしていただかなくてはこまります。拝見《はいけん》いたしますと、心棒《しんぼう》がすっかりすりへっておりますが、と言《い》って、音楽《おんがく》がうまく鳴《な》るように、新《あたら》しい心《しん》

棒《ぼう》を入《い》れかえることはできないのでございますから」ということでした。

さあ、なんという悲《かな》しいことがふってわいたのでしょう！　これからは、つくりものの鳥《とり》の歌《うた》を、一年《いちねん》にたった一度《いちど》しか聞《き》くことができなくなったのです。おまけに、それさえも、きびしくいえば、まだまだ多《おお》すぎるというのです。けれども、楽長《がくちょう》がむずかしい言葉《ことば》で、短《みじか》い演説《えんぜつ》をして、これは以前《いぜん》と同《おな》じようによろしい、と申《もう》しました。たしかに、そう言《い》われてみれば、前《まえ》と同《おな》じように、よいものでした。

いつのまにか、五年《ごねん》の年月《ねんげつ》がたちました。今度《こんど》は、国《くに》じゅうが、ほんとうに大《おお》きな悲《かな》しみにつつまれました。国民《こくみん》は、だれもが皇帝《こうてい》を心《こころ》からしたっていましたが、その皇帝《こうてい》が病気《びょうき》になって、ひとのうわさでは、もうそんなに長《なが》くはなかろう、ということなのです。もう、新《あたら》しい皇帝《こうてい》もえらばれていました。人々《ひとびと》は、おもての通《とお》りに出《で》て、皇帝《こうてい》のおぐあいはいかがですか、と、侍従《じじゅう》にたずねました。

「プー！」と、侍従《じじゅう》は言《い》って、頭《あたま》をふりました。

皇帝《こうてい》は、大《おお》きな美《うつく》しい寝床《ねどこ》の中《なか》に、つめたく青《あお》ざめて、やすんでいました。宮中《きゅうちゅう》の人《ひと》たちは、もうおなくなりになったものと思《おも》って、みんな、新《あたら》しい皇帝《こうてい》にごあいさつするために、かけていってしまいました。おつきの召使《めしつかい》たちも、さっさと、出《で》ていって、皇帝《こうてい》のことをおしゃべりしていました。女官《にょかん》たちはといえば、にぎやかなお茶《ちゃ》の会《かい》を開《ひら》いていました。まわりの広間《ひろま》や廊下《ろうか》には、足《あし》音《おと》がしないように、じゅうたんがしきつめてありました。そのため、あたりは、それはそれはひっそりとして、静《しず》まりかえっていました。

ところが、皇帝《こうてい》は、まだなくなったのではありません。からだをこわばらせながら、青《あお》ざめた顔《かお》をして、まわりに長《なが》いビロードのカーテンと、おもたい金《きん》のふさのたれさがっている、りっぱな寝床《ねどこ》の中《なか》に、じっと寝《ね》ていました。そのずっと上《うえ》のところに、窓《まど》が一《ひと》つあいていて、そこから、お月《つき》さまの光《ひかり》がさしこんで、皇帝《こうてい》と、つくりものの鳥《とり》とを照《て》らしていました。

気《き》の毒《どく》な皇帝《こうてい》は、もうほとんど、息《いき》をすることもできませんでした。まるで、何《なに》かが、胸《むね》の上《うえ》にのっているような気《き》がしました。そこで、目《め》をあけてみると、胸《むね》の上《うえ》に死神《しにがみ》がのっているではありませんか。死神《しにがみ》は、頭《あたま》に皇《こう》帝《てい》の金《きん》のかんむりをかぶって、片手《かたて》に皇帝《こうてい》の金《きん》のつるぎを持《も》ち、もういっぽうの手《て》に皇帝《こうてい》の美《うつく》しい旗《はた》を持《も》っていました。まわりの、大《おお》きなビロードのカーテンのひだからは、あやしげな顔《かお》が、幾《いく》つも幾《いく》つも、のぞいていました。

なかには、ものすごくみにくい顔《かお》もありましたが、なごやかな、やさしい顔《かお》も見《み》えました。それらは、皇帝《こうてい》が今《いま》までにやってきた、わるい行《おこな》いと、よい行《おこな》いだったのです。いま、死神《しにがみ》が皇帝《こうてい》の胸《むね》の上《うえ》にのりましたので、みんなは、皇帝《こうてい》をながめていたのです。

「これを、おぼえていますか？」と、そうした顔《かお》は、つぎつぎにささやきました。「これを、おぼえていますか？」

こうして、あやしげなものたちが、いろいろなことをしゃべりだしたので、とうとう、皇帝《こうてい》のひたいから汗《あせ》が流《なが》れだしました。

「そんなことは、なにも知《し》らん」と、皇帝《こうてい》は言《い》いました。

「音楽《おんがく》だ！　音楽《おんがく》だ！　大《おお》きな中国《ちゅうごく》だいこをたたけ！」と、大《おお》きな声《こえ》で言《い》いました。「このものどもの言《い》うことが、なにも聞《き》こえんようにしてくれ」

けれども、あやしげな顔《かお》は、なおも、しゃべりつづけました。死神《しにがみ》はとみれば、まるで中国人《ちゅうごくじん》そっくりに、いちいち、みんなの言《い》うことにうなずいているのです。

「音楽《おんがく》だ！　音楽《おんがく》だ！」と、皇帝《こうてい》はさけびました。「これ、かわいい、やさしい金《きん》の鳥《とり》よ。どうか、うたってくれ！　うたってくれ！　わしはおまえに、金《きん》も、宝石《ほうせき》も、やったではないか。わしの手《て》で、おまえの首《くび》のまわりに、金《きん》のスリッパもかけてやったではないか。さあ、うたってくれ！　うたってくれ！」

それでも、鳥《とり》は、やっぱり、だまったままでした。ねじをまいてくれる人《ひと》が、だれもいないのです。ねじをまかなければ、うたうはずがありません。死神《しにがみ》はあいかわらず、大《おお》きなからっぽの目《め》で、皇帝《こうてい》をじっと見《み》つめていました。あたりはひっそりとして、気味《きみ》のわるいほど静《しず》まりかえっていました。

と、そのときです。窓《まど》のすぐそばから、それはそれは美《うつく》しい歌《うた》が聞《きこ》えてきました。それは、生《い》きている、あの小《ちい》さなナイチンゲールでした。たったいま、外《そと》の木《き》の枝《えだ》に飛《と》んできて、うたいはじめたところでした。ナイチンゲールは、皇帝《こうてい》がご病気《びょうき》だと聞《き》いて、それでは、歌《うた》をうたって、なぐさめと、希望《きぼう》とをあたえてあげようと、飛《と》んできたのでした。ナイチンゲールがうたうにつれて、あやしいもののかげは、だんだん、うすくなっていきました。それればかりではありません。皇帝《こうてい》の弱《よわ》りきったからだの中《なか》を、血《ち》がいきおいよく、ぐんぐんめぐりはじめました。死神《しにがみ》さえも、きれいな歌声《うたごえ》にじっと耳《みみ》をかたむけて、聞《き》きいりました。そして、しまいには、

「もっとつづけろ、小《ちい》さなナイチンゲール！　もっとつづけろ！」と、言《い》いました。

「ええ、うたいましょう。でもそのかわり、わたしに、そのりっぱな金《きん》のつるぎをください。その美《うつく》しい旗《はた》をください。それから、その皇帝《こうてい》のかんむりをください」

死神《しにがみ》はナイチンゲールが歌《うた》をうたうたびに、宝物《たからもの》を一《ひと》つずつ、わたしました。ナイチンゲールは、どんどんうたいつづけました。それは、まっ白《しろ》なバラの花《はな》が咲《さ》き、ニワトコの花《はな》がよいにおいを放《はな》ち、青々《あおあお》とした草《くさ》が、あとに生《い》きのこった人々《ひとびと》の涙《なみだ》でぬれる、静《しず》かな墓地《ぼち》の歌《うた》でした。それを聞《き》くと、死神《しにがみ》は、自分《じぶん》の庭《にわ》がこいしくなって、つめたい白《しろ》い霧《きり》のように、ふわふわと、窓《まど》から出《で》ていってしまいました。

「ありがとうよ！　ありがとうよ！」と、皇帝《こうてい》は言《い》いました。「天使《てんし》のような、かわいい小鳥《ことり》よ。わしはおまえを、よく知《し》っているぞ。おまえをこの国《くに》から追《お》いだしたのは、このわしじゃ。それなのに、おまえは歌《うた》をうたって、あのわるいやつどもを、わしの寝床《ねどこ》から追《お》いだしてくれ、わしの胸《むね》から死神《しにがみ》を追《お》いはらってくれた。おまえに、どういうお礼《れい》をしたらよいかな？」

「ごほうびは、もう、いただきました」と、ナイチンゲールは言《い》いました。「わたくしが、はじめて歌《うた》をうたいましたとき、陛下《へいか》のお目《め》には涙《なみだ》があふれました。あのことを、わたくしはけっして忘《わす》れはいたしません。それこそ、うたうものの心《こころ》をよろこばす、なによりの宝《たから》なのでございます。──でも、いまは、もう、お休《やす》みくださいませ。そうして、元気《げんき》に、じょうぶに、おなりくださいませ。では、わたくしが、歌《うた》をうたってお聞《き》かせいたしましょう」

そして、ナイチンゲールはうたいだしました。──皇帝《こうてい》は、すやすやと眠《ねむ》りました。それは、ほんとうにやすらかな、気持《きもち》のよい眠《ねむ》りでした。

お日《ひ》さまの光《ひかり》が、窓《まど》からさしこんできて、皇帝《こうてい》を照《て》らすころ、皇帝《こうてい》は、すっかり元気《げんき》になって、目《め》をさましました。見《み》れば、おそばのものたちは、まだだれひとり、もどってきてはおりません。みんながみんな、皇帝《こうてい》はもうおなくなりになったものと、思《おも》いこんでいたのです。でも、ナイチンゲールだけは、ずっとそばにいて、歌《うた》をうたいつづけていました。

「おまえは、これからは、いつも、わしのそばにいておくれ」と、皇帝《こうてい》は言《い》いました。「おまえは、うたいたいときにだけ、うたってくれればよいのだ。このつくりものの鳥《とり》などは、こなごなに、くだいてくれよう」

「そんなことは、なさらないでくださいませ」と、ナイチンゲールは申《もう》しました。「あの鳥《とり》も、できるだけのことはしてまいったのでございます。いままでのように、おそばにお置《お》きくださいませ。わたくしは、御殿《ごてん》に巣《す》をつくって、住《す》むことはできません。でも、わたくしの好《す》きなときに、こさせていただきとうございます。

そうすれば、わたくしは、夕方《ゆうがた》、窓《まど》のそばの、あの枝《えだ》にとまりまして、陛下《へいか》がおよろこびになりますように、そしてまた、お考《かんが》えが深《ふか》くなりますように、歌《うた》をうたってお聞《き》かせいたしましょう。わたくしは、しあわせな人《ひと》たちのことも、苦《くる》しんでいる人《ひと》たちのことも、うたいましょう。また、陛下《へいか》のまわりにかくされている、わるいことや、よいことについても、うたいましょう。歌《うた》をうたう小鳥《ことり》は、貧《まず》しい漁師《りょうし》や、農家《のうか》の屋根《やね》の上《うえ》をも飛《と》びまわりますし、陛下《へいか》や、この御殿《ごてん》からはなれた、遠《とお》いところにいる人《ひと》たちのところへも、飛《と》んでいくのでございます。

わたくしは、陛下《へいか》のかんむりよりも、お心《こころ》のほうが好《す》きなのでございます。と申《もう》しましても、陛下《へいか》のかんむりのまわりには、なにか、神々《こうごう》しいもののかおりが、ただよってはおりますが。──

わたくしは、またまいりまして、陛下《へいか》に歌《うた》をお聞《き》かせいたします。──ですが、一《ひと》つだけ、わたくしに、お約束《やくそく》をしてくださいませ」

「なんでもいたす!」と、皇帝《こうてい》は言《い》って、自分《じぶん》で皇帝《こうてい》の着物《きもの》を着《き》て立《た》ちました。それから、金《きん》でできている、おもたいつるぎを胸《むね》にあてて、ちかいました。

「では、一《ひと》つだけ、お願《ねが》いしておきます。陛下《へいか》に、なにもかも申《もう》しあげる小鳥《ことり》がおりますことを、どなたにもおっしゃらないでくださいませ。そうしますれば、いっそう、うまくまいりますでしょう」

こう言《い》って、ナイチンゲールは飛《と》んでいきました。

召使《めしつかい》たちが、おなくなりになった皇帝《こうてい》を見《み》に、はいってきました。――や、や、や、みんなは、びっくりぎょうてんして、そこに立《た》ちどまってしまいました。すると、皇帝《こうてい》が言《い》いました。

「おはよう!」

【凡例】

・本編「ナイチンゲール」は、青空文庫作成の文字データを使用した。
底本：「人魚の姫　アンデルセン童話集Ⅰ」新潮文庫、新潮社
　１９６７（昭和42）年12月10日発行
　１９８９（平成元）年11月15日34刷改版
　２０１１（平成23）年９月５日48刷
入力：チエコ
校正：木下聡
２０１９年1月29日作成

・文字遣いは、青空文庫のデータによる。
・この作品には、今日からみれば不適切と思われる表現が含まれているが、作品の描かれた時代と、作品本来の価値に鑑み、底本のままとした。
・ルビは、青空文庫のものに加えて、新字新仮名のルビを付し、総ルビとした。
・追加したルビには文字遣いの他、読み方など格段の基準は設けていない。

大活字本シリーズ
海外童話傑作選
アンデルセン① 人魚の姫

2024年12月19日 第1版第1刷発行

著 者 アンデルセン
編 者 三 和 書 籍

発行者 高 橋 考
発 行 三 和 書 籍
〒112-0013 東京都文京区音羽2-2-2
電話 03-5395-4630 FAX 03-5395-4632
sanwa@sanwa-co.com
https://www.sanwa-co.com/
印刷/製本 中央精版印刷株式会社

ISBN978-4-86251-573-5 C3097